아빠는 내 친구

아빠는 내 친구

초판 1쇄 인쇄 2014년 12월 05일
초판 1쇄 발행 2014년 12월 10일

지은이 한경신
펴낸이 정봉선
편집기획 권이준
편집디자인 황인옥
펴낸곳 정인출판사
주소 서울시 동대문구 천호대로 16가길 4
전화 02-922-1192~3
팩스 02-925-1334
홈페이지 www.junginbook.com
이메일 pijbook@naver.com
등록 제303-1999-000058호
ISBN 978-89-94273-81-5 (03810)

아이와 아빠, 그리고
엄마의 16년간의 기록

* 한경신 지음 *

정인출판사

이 책은 우리 아이와 아빠, 그리고 엄마인 저의 16년간의 기록입니다. 우리 아이는 아빠랑 노는 걸 가장 재미있어 했습니다. 친구들을 데려와 같이 놀아달라고 한 적도 많습니다. 이 책은 아빠가 아이랑 놀아준 다양한 이야기들을 여러 사람들과 나누고 싶어서 쓰게 되었습니다.

아이에게 친구 같은 아빠, 신나고 재미있는 아빠가 되고 싶은 사람들, 하지만 어떻게 놀아주어야 할지 잘 모르는 아빠들에게 이 책이 좋은 길잡이가 될 것입니다. 요즈음 손자 손녀를 키우는데 정성을 들이는 할머니, 할아버지들에게도 필요한 책이 되리라 생각합니다. 또한 유치원이나 어린이집 선생님들, 초등학교 교사들도 응용할 수 있는 놀이들이 담겨 있습니다.

이 책은 엄마인 제가 딸에게 쓰는 편지 형식으로 되어 있습니다. 아이를 키우며 느꼈던 많은 감사와 행복의 순간들이 아이에게

닿기를 바라는 마음으로 딸에게 보냈던 글입니다. 사춘기에 힘들어 하는 아이에게 자신이 얼마나 사랑스럽고 소중한 존재인가를 알리고 싶었습니다. 우리 아이는 이 글들을 읽으며 '엄마 마음을 알 수 있어 좋았다'고 합니다.

이 책을 엄마가 먼저 읽고 난 다음 한 번쯤 자녀의 책상 위에 놓아두면 어떨까요? 자녀들이 위로받고 공감하며 때로는 함께 웃을 수 있는 시간을 갖게 되기 바랍니다.

이 책을 쓰기 시작할 때 남편이 이런 말을 했습니다. "이 책의 가장 중요한 독자는 우리 아이야. 다른 건 생각하지 말고 아이가 힐링이 되는 것에 목표를 두기 바래. 책은 많이 팔렸는데 아이는 나아진 게 없다, 그러면 이 글들이 무슨 의미가 있겠어?"

엄마의 글을 읽으며 우리 딸은 마음이 많이 안정되고 행복해졌습니다. 그런데 이제 이렇게 책으로 펴내려 하니 두 마리 토끼를 다 잡고 싶은 마음이 드네요. 아무쪼록 많은 독자들과 이 책을 통해 교감할 수 있으면 좋겠습니다.

2014년 12월

한경신

:: 이 책을 읽는 독자들에게

| 1부 |
아빠는 내 친구

CONTENTS

| 2부 |

엄마도 내 친구

| 3부 |
미래만 생각하면 즐거운 아이

1부

아빠는 내 친구

멀리 있는 예쁜 딸에게

네가 6학년이던 어느 봄날 일요일, 아빠 생일이었어. 일요일이면 우리 가족은 항상 등산을 했는데, 그날은 네가 엄마 아빠만 산에 갔다 오라고 했지. 이벤트를 준비해야 한다고. 산에서 돌아오니 거실 벽에 네가 그린 그림들과 풍선들이 가득했어. 그리고 한 가운데, 대형 편지지가 붙어 있었어. 우리 딸이 아빠한테 쓴 편지였지.

"나는 아침에 창문으로 햇살이 비쳐들 때, 그리고 밤하늘의 별빛을 볼 때, '아, 영원히 살고 싶어⋯⋯.' 하는 생각을 해요. 나는 아빠와 영원히 아침과 밤을 함께 맞이하고 싶어요."

이보다 더 깊은 찬사가 또 있을까. 엄마는 우리가 지내온 날들, 특히 아빠가 너와 놀아주던 그 재미있는 장면들이 막 떠올랐어. 그래서 말했지. 송현아, 엄마는 언젠가는 우리의 이야기를 모아서 책을 쓸 거야. 제목은 "아빠는 내 친구"라고 할거야. 그런데 그 안에는 "엄마도 내 친구"를 넣을 거야.

엄마는 아빠가 너랑 놀아주던 많은 이야기들을 쓰면 다른 아빠들도 재미있어 하며 그렇게 놀아줄 거라 생각했어. 엄마가 육아휴직을 하던 3년 동안은 많은 것을 육아일기에 쏟아 넣었었고 네가 초등학교 가기까지도 재미있는 게 생길 때마다 기록을 해 놓았었지. 그 외에도 많은 이야기가 내 머릿속에 들어 있었어. 송현이가 중학교에 가면 서서히 시작하려 했었지.

그런데 중학교에 간 우리 딸. 2월부터 교복을 입고 다닐 정도로 신이 났던 아이. 교복이 너무 잘 어울린다며 선배들이 칭찬했다던, 그 맑은 얼굴의 소녀는 4월이 지나고 5월이 지나며 그 빛을 잃어갔어. 그렇게 일 년, 정말 격랑의 사춘기 속에서 엄마 아빠는 전혀 준비가 안 되어 있었던 시절을 혼란 속에 보내며, 우리는 결국 너를 미국으로 떠나보냈어. 아침마다 잠 속에서 헤어나지 못하고 학교에 안 간다고 늘어지는 아이를 깨우는데 지쳐갈 무렵, 예상치 못했던 인연에 이끌려…….

왜 우리는 아이를 떠나보낼 수밖에 없었을까. 아무리 말썽피워도 내 옆에 품고 있어야 하는 건 아니었나. 뭐가 어디서부터 잘못된 것일까……. 우울해하는 엄마에게 아빠가 말했어.

"너무 자책하지 마. 그건 맹자 엄마도 못한 일이니까. 맹자 엄마인들 맹자에게 시장 통에서 애들이랑 어울리지 말고 공부하라는 말 안했겠어. 하다하다 안 되니까 환경을 바꾼 거야. 그 옛날 생활 근거지를 바꾼다는 게 쉬운 일은 아니었을 거 아냐."

맹모삼천의 고사를 이렇게 해석하게도 되다니, 사람은 경험에 따라 같은 사건이라도 아주 다른 시각에서 보게 되는 것 같아. 나는 맹자 엄마처럼 따라가지도 못한 채 너를 떠나보내고, 안도감과 걱정이 교차하는 세월 속에 어느새 일 년이 지나가고 있어. 이제 네 얼굴에 서서히 묻어나기 시작하는 옛날의 밝은 표정을 반가이 바라보며, 그래도 우리의 교육이 헛된 것이 아니었다는 믿음을 회복해 가는 중이야. 말썽을 피우면서도 너는 참회(?)를 할 때면, 엄마가 우리의 이야기를 써주기 바란다고 했었지. 이제 이 편지글들의 첫 번째 독자가 우리의 예쁜 딸이 될 거야.

엄마는 이 글들을 통해 너의 어린 시절의 날들과 우리의 추억을 소중히 담아 네게 선물하고 싶어. 그리고 아직 끝나지 않은 사춘기, 또 그 후의 삶에서 흔들릴 때, 문득 이 글들을 떠올리며 삶의 방향을 잡아가길 바래.

- - -

엄마의 메일을 읽는 네 모습을 그려보며 이제 우리의 이야기를 풀어나가려 해.

편지란

가장 아름답고 가장 가까운 삶의 숨결이다.

● 괴테 ●

02

빨강 도깨비의 생일 파티

사랑하는 딸 송현아,

엄마는 스카이프 화상통화로 너랑 늘 대화할 수 있으니까 좋아. 예전에는 외국으로 전화 거는 게 많이 비쌌는데 이제는 이런 화상통화가 무료라니, 참 좋은 시대에 살고 있구나 싶어. 옛날에는 어린 자식 유학 보내고 어떻게 살았을까 몰라.

아까 스카이프 할 때 엄마가 쓸 책의 목차를 다 만들었다니까 네가 궁금해 했지. 얘기하다보니 옛 추억들이 떠올라 한참 떠들고 즐거워했구나. 네가 이렇게 신나하고 관심 보일 줄 몰랐어.

아빠가 너랑 놀아주던 이야기를 쓰려니까 정말 많은 게 떠올라. 엄마 생각에 그 중에서 최고 작품은 도깨비 얘기였어. 네가 세 살쯤인가, 색깔에 대한 감각이 생기기 시작할 무렵이었어. 동화책에는 도깨비가 가끔 등장하는데 그걸 보고 아빠표 도깨비 얘기가 탄생했지. 도깨비와 색깔을 연결시키는 건데, 예를 들어 "노란 도깨비는 바나나를 좋아하고 주황색 도깨비는 오렌지를 좋아한대. 초록 도깨비는 시금치 잘 먹는 아기랑 친구가 되고 싶대." 이런 거야.

"어떤 아기가 빨간 사과를 들고 산에 갔더니 검정 도깨비가 '그거 나 줘' 그랬어. 그랬더니 아기가 '아니야, 너는 검정 도깨비니까 검정 콩 먹어야지.' 하얀 도깨비가 달라고 하니까 '아냐, 너는 흰 쌀밥 먹어,' 그랬어. 한참 가다가 빨간 도깨비를 만나서 같이 먹었대." 너는 이야기를 아주 재미있어 했어.

너는 산에 가면 나뭇잎 옷을 입은 초록 도깨비가 살고 있다고 믿었어. 그 때는 네가 어려서 도서관 밑에서 약수터까지만 갈 수 있었어. 너는 매미가 땅속에서 춤추고 놀다가 초록 도깨비를 만나러 밖으로 나온다고 말했어. 네가 아는 색깔이 다 나오고 나서는 알록달록 도깨비, 무지개 도깨비, 줄무늬 도깨비, 점박이 도깨비, 반짝이 도깨비 등등. 이 도깨비들이 노는 이야기가 내용을 조금씩 바꿔가며 매일 밤 이어졌지.

너는 아기 때부터 야행성이어서 밤에 재우기가 힘들었거든. 그래서 밤에 도깨비 얘기를 두 개씩 해 주면 잠을 자기로 되어 있었어. 그런데 어느 날, 갑자기 네가 이러는 거야.

"아빠, 오늘은 진짜 잠이 안 오거든. 그러니까 지금까지 나온 도깨비 얘기를 다 해주지 않으면 안 잘 거야!"

이 때 아빠의 순발력이 빛을 발했지.

"좋아, 다 해줄게. 빨간 도깨비가 생일 파티를 열었거든. 그래서 노란 도깨비, 보라 도깨비, 하얀 도깨비, 파란 도깨비……. 친구들을 다 초대 했어. 빨간 도깨비는 딸기를 가져오고, 초록 도깨비는 오이를 가져오고, 알록달록 도깨비는 사탕이 알록달록 많이 박힌 케익을 가져 왔어. 무지개 도깨비가 다리를 이렇게 흔들면서 춤을 췄지……. 재미있게 놀다가 빨간 도깨비도 코~자고, 노란 도깨비도 코~자고……. 다들 잠들었어. 이제 너도 코~자."

신기하게도 넌 금방 잠들었단다.

색깔 도깨비 이야기가 일이 년 쯤, 한참 이어지고 나서는 까불이 도깨비가 등장하지. 까불이 도깨비 이야기는 여러 해 동안, 거의 사오년 한 거 같은데……. 이 얘긴 내일 하자.

송현아, 네가 들었던 이야기 속의 도깨비는 어떤 모습이었니? 기억나니? 너는 캐리커처 그리기 좋아하니까 한번 그려 볼래?

오늘 눈이 내렸어. 엄마는 아까 낮에 우리가 걷던 공원에 갔다 왔어. 양쪽에 벚나무가 이어진 길 알지? 우리는 그 길을 시인의 길이라 불렀지. 삼행시도 짓고 네가 좋아하던 시도 읊으면서 걷던 길. 여

- - -

긴 지금 밤이야. 너도 한참 자고 있겠구나. 안녕.

상상력은 지식보다 훨씬 중요하다.

지식은 한계가 있지만 상상력은 세상 모든 것을 포괄하고

발전의 원동력이 되며 지식 진화의 원천이 되기 때문이다.

● 아인슈타인 ●

03

까불이 도깨비 시리즈

송현이가 여섯 살 때야. 어느 날 아빠가 집에 들어오면서 말했어.
"아파트 앞에서 송현이 유치원 선생님 만났어. 근데 유치원에 한 번
와서 도깨비 얘기 해 달래. 오늘 아이들한테 도깨비 얘기를 해주는
데, 송현이가 '에이, 우리 아빠 도깨비 얘기가 더 재밌어요.' 그러더
래. 참, 나. 그래도 선생님 참 좋은 분 같아. 자존심 상하고 기분 나
쁠 수도 있는데, 나보고 웃으며 그런 얘기하는 걸 보면."

다섯 살, 여섯 살 때 널 가르친 선생님은 엄마도 참 좋아했어. 어
느 날 내게 이런 말을 했단다.

"송현이는요, 아직 손동작이 어설퍼서 그림을 잘 못 그리는데, 참
이상해요. 저는 얘가 자기 그림에 대해 얘기하는 걸 보면 뭔지 모르

지만 잠재력이 있다는 생각을 자주 해요. 그리고 남자애들이랑도 이렇게 잘 노는 애는 처음이에요. 송현이랑 놀면 재밌다고 다 따라다녀요."

엄마는 그때 '이게 다 까불이 도깨비 얘기 듣고 자라서 그런 건 아닌가.' 생각했었어.

까불이 도깨비 얘기는 네가 그날그날 한 일을 가지고 아빠가 즉흥적으로 지어내는 거였는데 조금씩 더 과장해서 만드는 거야.

어느 날 엄마가 "오늘 송현이가 식탁에 올라가 뛰어내렸어." 하면 그날 이야기는 이렇게 되지. "까불이 도깨비가 식탁에 올라갔어. 엄마가 하지 말랬는데, 몰래. 그리고 폴~짝 뛰어내렸는데, 글쎄 다리가 부러진 거야. 그래서 도깨비 병원에 입원을 했어. 아침에 도깨비 의사 선생님이, '뭐 먹고 싶니?' 하니까 까불이 도깨비가 '햄버거랑 콜라요.'라고 대답했어. 의사선생님이, '아니, 병원에서 그런 걸 먹으면 어떡해. 나가요, 나가.' 그랬대." 하면서 쫓아내는 시늉을 하면 너는 배를 잡고 깔깔깔 웃어댔어.

원래 너는 리액션이 좋아서 작은 일에도 잘 웃어댔거든. 유치원에서도 선생님들이 좋아했어. 무슨 얘기를 해주면 네가 하도 재밌어하며 웃으니까 다른 애들도 따라 웃어서 분위기가 업 된다는 거야. 도깨비 이야기는 아빠랑 송현이가 번호를 매겨가며 했고 이백 번도

더 넘어간 거 같아. 어떨 땐 친구들을 몰고 들어와 같이 듣기도 했지. "울 아빠 도깨비 이야기 엄청 재밌어, 들어 봐." 하면서 자랑스러워했단다.

까불이 도깨비가 한참 이어지다가 '정안도' 도깨비가 등장했지. 기억나니? 네가 하도 정리를 안 하니까 '정리 안하는 도깨비'를 줄여서 정안도 도깨비가 되었어. 정안도 도깨비가 물건들을 늘어놓았다가 거기에 미끄러지는 이야기 같은 것도 시리즈로 나가고, '공안도' 도깨비도 나왔지, 아마. 공부 안하는 도깨비. 아, 그리고 컴퓨터 중독 걸린 도깨비 이야기도 나왔었다. 약 안 먹으려 하면 약 만드는 도깨비, 손톱 안 깎으려 하면 손톱 긴 도깨비가 문을 닫다 손톱이 끼어 부러지는 얘기……. 정말 많았어.
아빠는 네가 중학교를 가면 까불이 도깨비의 연애 이야기, 까불이 도깨비의 역사 이야기, 까불이 도깨비의 철학 이야기, 그런 걸 하겠다고 꿈에 부풀어 있었는데, 네가 사춘기에 하도 요란 떠는 바람에……. 아쉽다. 아빠는 어려운 걸 아주 쉽게 설명하는 재주가 있는데, 그 걸 딸한테는 못써먹어서. ㅠㅠ.

아빠의 도깨비 이야기는 반전의 매력이 있었지. "까불이 도깨비가 말 안 듣고 떼를 써서 망태할아버지가 왔어. 까불이 도깨비를 망태에 넣어가지고 동굴에다 던져 버렸어. 근데, 거기에 뭐가 있었는지 알아? 글쎄, 마녀가 '흐흐흐, 널 잡아먹겠다.' 그러면서 물을 끓이는 거야." 얘기를 듣던 너는 눈을 동그랗게 뜨고 마치 자기가 잡혀간 것처럼 긴장을 하지. 하하, 엄마한테 떼쓴 적이 많거든. "그런데 그 때 까불이 도깨비가 방귀를 뿡~ 뀐 거야. 마녀가 '아이구, 냄새…….' 하면서 코를 쥐고 허둥지둥 하는 사이에 쏜살같이 도망쳐서 집으로 왔지. 다시는 떼를 쓰지 않았대." 방귀 얘기가 나오면 긴장했던 송현이는 너무 재밌어하면서 깔깔댔어.

송현아, 이담에 결혼해서 애기 낳으면 너도 이런 얘기 해 주면 좋겠지? 옛날 얘기를 쓰고 있으니까 우리가 했던 많은 이야기들이 없어지지 않고 우리 가슴에 남아있는 것 같아. 보고 싶다. 우리딸.

우리는 누구나 이야기를 좋아한다.

이야기는 우리가 누구인지를 확인시켜 준다. 실제이거나 상상이거나

이야기는 시간의 장벽을 넘어 과거, 현재, 미래를 넘나들며

우리들 삶이 서로 닮아 있음을 알게 해준다.

● 앤드류 스탠톤 ●

이유를 말해봐 - 아빠의 언어 놀이 1 -

　오늘은 아빠랑 너랑 언어를 가지고 놀았던 얘기 좀 해줄까. 우선
생각나는 게 '수식어 덧붙이기 놀이'야. 서로 상대방에 대해 수식어
를 붙이는 건데, 이렇게 시작해. 아빠가 "귀여운 송현이" 하면 네가
"착한 아빠", 그 다음은 "귀엽고 사랑스런 송현이", "착하고 재밌는
아빠," 이런 식으로 계속 앞에다 덧붙이는 거야. 나중에는 엄청 길
어져. "귀엽고 사랑스럽고 달리기를 잘하고 노래를 좋아하고 가끔
떼를 쓰는 송현이", "착하고 재미있고 신문을 많이 보고 잘 웃고 나
랑 놀아주는 아빠." 차를 타고 가며 이런 놀이를 하다가 강이 보이면
"아름다운 강"으로 시작해서 "아름답고 물결이 반짝이고 배가 지나
가고 헤엄치고 싶은 강" 이런 식으로 늘여 나갔지. 유치원에서 흔히

하는 '시장에 가면 배추가 있고, ~가 있고, ~가 있고…….' 이런 식으로 앞에서 말한 걸 계속 외워서 반복하는 놀이보다 이게 더 창의적이고 재미있는 거 같지 않니?

또 생각나는 건 네가 뭘 해달라고 할 때마다 이유를 말하게 했어. "아빠, 피자 사줘." 하면, 아빠는 "피자를 먹어야 하는 이유를 말해봐. 아빠는 네가 피자를 먹으면 안 되는 이유를 말할게. 한 가지씩 번갈아 말하다 멈추는 사람이 지는 거야."하고 말놀이를 제안했지. 너는 얼른 먹고 싶은 마음에 이유가 술술 나오지. "피자를 안 먹은 지 열흘도 넘었으니까." 그러면 아빠는 "피자 먹으면 살찌니까." 네가 이어서 "맨날 같은 음식만 먹기 싫어서." 그러면 아빠는 "피자는 소화가 덜 되니까." 이런 식으로 계속 했어. 너는 온갖 이유를 엮어 대며 아빠한테 이기곤 했지. 그리곤 피자를 먹는 것도 좋지만 아빠한테 이겼다고 신나했어.

어떨 땐 이유를 종이에다 쓴 적도 있어. "아빠, 놀아줘." 하면 "아빠가 놀아줘야 하는 이유 20개 써와." 그러면 너는 종이에 1.아빠랑 놀면 재밌으니까 2.인형놀이 하기도 지겨워서 3.엄마가 바빠서 4.지금 밤이라 친구랑 못 놀아서 5.TV도 못 보니까……. 이런 식으로 어떻게든 20개를 만들어 왔단다. 이유를 말하는 게 습관이 된 너는 어느 날 놀이터에서 울고 있는 아이에게 다가가 이렇게 말한 적도 있어. "너 왜 우냐? 우는 이유를 다섯 개만 말해봐."

재밌지? 그런데 이렇게 이유를 말하게 하는 것은 논리력을 키우는데 아주 좋은 거 같아. 아빠는 그냥 어떻게 하면 너랑 재밌게 놀까 생각하다 보니 이런저런 놀이를 한 거지 애를 어떻게 키우겠다는 교육적인 목표의식을 가지고 놀았던 건 아니라고 말해. 그런데 인간은 즐겁게 놀면서 배우는 게 가장 좋은 거잖아. 아이들끼리 놀이터에서 노는 게 다 세상에 대한 탐구과정인 것처럼, 엄마 아빠랑 놀다보면 그게 다 몸과 마음이 크는 거겠지. 그래서 너는 "열 가지 말해라." 하면 무슨 주제이든 말이 술술 나왔어. 한번은 네가 어떤 남자애를 좋아한다고 하니까 아빠가 "그 아이의 장점과 단점을 열 개씩 말해봐. 아빠가 사귀어야 하나 판단해 줄게." 그런 거 한 적도 있어.

문득 펼친 육아일기에 엄마랑 너랑 이런 얘기 한 거 나오네. 네가 일곱 살 때야.

"(엄마를 끌어안고 얼굴을 쓰다듬으며) 아이고, 귀여운 우리 엄마. 엄마가 이렇게 예쁜 이유를 다섯 개만 말해봐."

"음~ 첫 번째, 할머니가 엄마를 예쁘게 낳아주셨으니까. 두 번째, 엄마가 매일매일 운동을 하니까. 세 번째, 엄마가 좋은 생각을 많이 해서. 네 번째, 송현이랑 있으면 행복하니까."

"엄마, 다섯 번째는 내가 말할게. 엄마 얼굴이 꽃잎 같으니까."

"와아, 엄마가 어디가 그렇게 예뻐?"

"응~ 엄마 볼이 참 예뻐."

- - -

아, 일곱 살 우리 딸, 그 시절은 생각만 해도 행복해~~~

질문을 한다는 것은 '왜(Why)'를 따지는 행위이다.
암기식 교육은 주어진 답이 '무엇(What)'인지에만 관심을 갖는다.
What형 사고방식은 당장 주어진 문제에만 답을 주는 것이지만,
Why형 사고방식은 문제 자체를 발견하고 새롭게 정의함으로써
해결하는 것이다. Why형 교육의 목표는 지식의 양을
증대시키는 것이 아니라 생각하게 하는 것이다.

● 호소야 이사오 ●

방귀 종류가 엄청 많아 - **아빠의 언어 놀이 2** -

송현이 네가 네 살 때 아빠와의 대화야.

"송현아, 이거 네가 물 쏟은 거지?"

"아냐. 나 아냐."

"거짓말. 이마에 거짓말이라고 쓰여 있는데!"

순간 움찔하던 네가 방으로 들어가 거울을 보더니 나와서 하는 말이 이랬어.

"아빠, 거짓말이라고 안 써 있어. '예쁜이'라고 써 있는데!"

너, 가끔 진짜 웃겼어. 어디서 저런 순발력이 나오나 싶게 재미있었어. 너는 어려서부터 정형화된 걸 싫어하는 아이였어. 어떻게

- - -

든 다르게 바꿔보고 장난쳐 보길 좋아했어. 일곱 살 땐가, 심지어는 "엄마, 나는 내 이름을 바꿔 보고 싶어. 요일마다 다른 이름으로 불러줘. 오늘은 월요일이야. 그러니까 민희로 부르는 거야." 이러면서 요일별 이름이 적힌 종이를 내밀었지. 뭐, 못해줄 것도 없겠다 싶어 하루 이틀 하다가 얼결에 "송현아" 하면 "오늘은 송현이 아니라니까~" 하는 바람에 "아이구, 힘들어. 그리고 다른 이름으로 부르니까 내 딸 같지 않아." 하고 중단해버렸지.

애기 때는 어땠는지 아니? 어느 날 "엄마, 우주가 뭐야?" 하기에 설명을 해주었는데 그 다음부터는 "우주 안에 뭐가 있지?" 그러면 "안별님, 안달님, 안지구." 이렇게 모두 '안'자를 넣어서 말하는 거야. 까르르 웃으면서. 그래서 엄마가 "안송현, 안엄마" 그러면 막 아니라고 화를 내. 송현이랑 엄마는 '안'이 아닌 거지.

그리고 우리집에 있는 작은 소크라테스 조각 기억나니? 밑에 그리스어로 '너 자신을 알라'라고 쓰여 있는 거. 그걸 설명을 해주었더니, 그 다음부터 "소크라테스가 뭐라 그랬어?" 하면 심각한 표정을 지으며 "너 자신을 알지 마라" 그랬지.

엄마는 송현이의 이런 성향이 아빠랑 늘 장난하며 놀았기 때문이라는 생각이 들어. 도깨비 이야기에도 반전이 많이 나오잖아. 또 우리는 언어가 사고의 바탕이 되는 거고 우리말을 잘하려면 한자와 한

- - -

자 문화에 대해 잘 알아야 한다고 생각해서 고사성어랑 한자를 가지고 놀이를 많이 했어. 한자를 쓰게 하거나 그러진 않았어. 쓰는 건 아마 초등학교 들어가서 눈높이 한자를 하면서 조금씩 시작했을 거야.

아빠는 고사성어를 그냥 외우게 하지 않고 스토리로 만들어 놀아 주었단다. 원래 고사성어에 담긴 고사를 설명해주고 그걸 응용해서 이야기를 만드는 거야. 까치가 종을 쳐서 은혜 갚은 이야기를 해주고 관계된 고사성어를 찾으라고 하면 네가 "결초보은" 이렇게 대답하는 식으로. 어느 날은 친구 동생이 함께 놀러왔다가 어질러 놓으니까 네가 걔한테 "니가 어질렀으니까 니가 결자해지 해" 그랬어. 하하, 걔 네 살쯤이었을 걸.

그러다가 너랑 아빠가 번갈아가며 고사성어 이야기를 만들어 문제 내기를 시작했어. 이야기를 워낙 좋아하던 송현이는 이런 걸 재미있어 했어. 엄마가 아직도 기억나는 게 하나 있는데, 일곱 살 때쯤일 거야. 네가 문제를 냈어. "아빠. 어떤 아이가 길에서 병아리를 샀어. 너무너무 귀여워서 잘 키우려고. 근데 어느 날 이 병아리가 까만 물감 통에 빠졌어. 씻어도 안 지워져. 못생겨져진 거야. 그래서 그냥 밉다고 버렸대. 무슨 고사성어일까요?" 답은 '감탄고토.' 너 이 뜻 기억나니? 달면 삼키고 쓰면 뱉는다. 고사성어를 이렇게 놀이로 하면 나름의 재미있는 이야기가 나올 거 같지? 가족끼리 산에 갔다가 네가 올라가기 싫어하면 이런 놀이를 했어. 그러면 놀이에 빠져 투정 안 부리고 산을 잘 올라갔지.

한자 얘기가 나오면 생각나는 게 또 있어. 네가 한자를 많이 배운 후니까 5학년이나 6학년 때였을 거야. 어느 날 아빠랑 놀던 네가 엄마한테 와서 신이 나서 말했어. "엄마, 방귀 종류가 엄청 많아." 무슨 말이냐니까, "아빠랑 놀다가 방귀가 뽕 나왔는데, 아빠가 '어, 웃다가 나오면 소(笑) 방귀', 그러는 거야. 그래서 우리가 다른 방귀를 계속 만들었다~."

방귀 앞에 아는 한자를 넣어서 만들다 보니까 몇 십 개가 되더라나. 기억나니? 달리다 나오는 방귀는 주(走)방귀, 걷다가 나오는 방귀는 보(步)방귀, 울다가 나오는 방귀는 읍(泣)방귀, 자다가 나오는 방귀는 면(眠)방귀, 싸우다 나오는 방귀는 투(鬪)방귀, 밥 먹다 나오는 방귀는 식(食)방귀, 노래하다 나오는 방귀는 가(歌)방귀, 춤추다 나오는 방귀는 무(舞)방귀……. 서로가 아는 한자를 동원해가면서 한참 놀았단다.

작년에 사춘기를 앓던 네가 잠이 안 온다고 찡얼대니까 아빠표 자장가가 한없이 흘러나왔지. 아빠표 자장가는 예술 자장가더라. "자, 이제부터 자장가가 나갑니다. 우선 로미오와 줄리엣 자장가, 연애질 그만 하고 잠이나 자라 자장자장. 심청이 자장가, 인당수에 가지 말고 어서 자라 자장자장. 춘향이 자장가, 이몽룡 기다리지 말고 그냥 자라 자장자장. 헤밍웨이 자장가, 할 일없이 종치지 말고 얼른 자라 자장자장. 베르테르의 자장가, 자살할 생각 말고 얼른 자라 자장자장. 반 고흐의 자장가, 그림 그만 그리고 잠 좀 자라 자장자장……."
우울하던 송현이, 많이 웃고 잤단다.

네가 작년에 말했지, "엄마, 옛날에는 엄마 아빠랑 노는 게 제일 재밌었는데, 요즈음엔 친구들이 더 재미있어. 엄마 아빠는 나 좋아하는 노래 별로 안 좋아하잖아." 그래, 엄마는 클래식을 더 좋아하고 시끄러운 음악은 좀 별로이긴 해. 하지만, 송현아, 우리가 놀던 많은 이야기들, 그건 친구랑 할 수 있는 건 아니었잖아. 네가 어른이 되어 가면서도 점점 엄마 아빠랑 할 수 있는 일, 대화할 수 있는 일이 많아지길 바래.

언어는 존재의 집이다. 인간은 언어의 주택 속에 산다.

● 하이데거 ●

- - -

06

아빠의 수학 놀이

송현아, 너는 수학 시험에 가끔 엉뚱한 짓을 했어. 초등학교 1학년 초에 한번은 규칙을 찾는 문제가 나왔어. 작은 네모 칸이 줄지어 있고, 칸 안에는 세모, 동그라미, 점이 순서대로 되풀이 되는 거였어. 남은 빈칸에 그 순서로 계속 그려 넣으면 되는데, 너는 그 세 가지 다음에 꽃을 하나씩 그려 넣어서 완성을 했지. 세모니 동그라미니 이런 것만 그려 넣으니까 너무 밍밍했다는 거야. 시험지에는 작대기가 그어졌지만 엄마는 그렇게 그리고 있는 송현이 모습을 떠올리면 웃음이 났어.

또 한 번은 동그라미를 네 칸으로 나누어서 한 개만 검은색으로 칠해놓고 오른쪽으로 몇 번 돌리는 문제가 나왔는데 엉뚱한 걸 골랐더라구. 그래서 이걸 왜 틀렸냐고 했더니 네가 뭐란 줄 아니? "오른쪽으로 한 바퀴 돌았으니까 이번엔 왼쪽으로 돌려봤지." 엄마는 이런 식으로 생각하는 송현이가 창의적이라고 생각했어.

그러다 1학년 말에 수학 시험지를 가져왔는데, 85점. 세 개가 틀렸는데, 그중 하나가 계산 문제였어. 정확한 숫자는 기억 안 나지만 예를 들어 '34+25=' 이런 거야. 그런데 그 옆에 가득 있는 깨알 같은 동그라미를 보는 순간 엄마는 웃음이 빵~ 터졌어. 그러니까 너는 동그라미를 34개 그린 다음 다시 25개를 더 그리고 그걸 처음부터 일일이 세었던 거야. 그러니 실수가 나올 수밖에. 그냥 10자리 수랑 1자리 수를 더하면 될 걸, 그런 노력을 하고 있는 아이. 얘, 되게 웃긴다~~ 엄마는 너무 재미있었어. 아빠는 "왜 꼭 100점을 맞아야 되지? 배웠다고 꼭 다 맞아야 된다는 법 있나?" 이러는 사람이라 점수 갖고 뭐라 안했고, 나는 그냥 '뭐, 85점이면 괜찮지' 이러고 넘어갔어.

그러다 2학년 올라가기 전 통지표를 가져왔는데, 수학에서 덧셈 올리기를 잘 못하니까 봄 방학 때 집에서 가르치라는 말이 적혀 있었어. 아빠랑 엄마가 너를 불러 놓고 "송현아, 9 더하기 6이 얼마지?" 물으니까, 네가 "어, 그러니까~ 9에다가~ 6을 더하란 말이지? 그러면 말이야아~~, 얼마가 될까~~아" 이러고 말을 길게 늘이면서 손가락을 분주히 움직이고 있는 거야. 아이고, 큰일 났다. 엄마 아빠가 놀라서 당장 학습지 선생님을 불러 진단을 해보니 상태가 심각해서 매일 학습지 책으로 숫자 더하기 빼기를 시작했지.

아이가 공부를 잘 못하면 부모가 창의적이 되는 것 같아. 아빠는 큰 종이에 동그라미를 여러 개 그려서 화살 과녁을 만들어서 냉장고에 붙였어. 그리고 자석으로 된 화살을 샀지. 동그라미 속에는 6,7,8,9 의 숫자들이 들어 있었어. 송현이랑 아빠랑 냉장고 문에다 자석 화살 던지기 시합을 하는 거야. 두 번씩 던져서 합산을 해서 누가 이겼나 결정하는 건데, 놀이처럼 하니까 학습지에서 기계적으로만 하는 것보다 재미있어 했어.

또 한 가지, 윷판을 만들고 윷 대신에 주사위 던지기 놀이도 했어. 주사위에는 4에서 9까지 여섯 개의 숫자를 붙여 놓았어. 그리고 각자 주사위를 두 번씩 던져서 그 걸 합한 다음 그 숫자만큼 말을 움직이는 거야. 놀이를 하다보면 신이 나서 계산이 점점 빨라지게 되지.

나중에 안 건데 계란 판 수학이라는 것도 있더라. 계란이 열 개 들어가는 곽 있지? 그 곽에서 계란을 빼고 거기다 색깔 있는 공을 집어넣으면서 계산을 배우는 거야. 예를 들어 7+5를 계산하려면, 흰 공을 먼저 7개 집어넣어. 그다음 까만 공 5개 중에서 3개를 넣으면 계란 판이 다 차고 2개가 남지. 열 개 들어가는 계란 판을 채우고 2개가 남으니까 12가 되는 거야. 시각적으로 접근하니까 좋을 거 같아. 집에서 작게 만들어서 바둑알을 넣어도 되고 종이에다 10칸을

36

만들고 색깔 스티커를 붙여도 되고.

또 하나, 구구단 배우기도 훨씬 전인데, 5단 놀이 하던 거 생각나니? 엄마가 운전을 하고 너는 아빠랑 뒷좌석에서 놀고 있었지. 아빠가 "5단 놀이 하자", 그러더니 "송현아, 너 오른 손 내놔 봐. 자, 손가락은 다섯 개, 손은 하나니까 '오일은 오', 이번에는 아빠 오른 손, 자 세어봐." 그러면 너는 손가락을 하나하나 건드리면서 1부터 10까지 세는 거야.

"이번에는 왼손 내놔 봐. 손이 세 개네. 세어 봐. 이번에는 아빠 왼손, 세어 봐." 너는 신이 나서 다시 1부터 20까지 세었어. "이번에는 송현이 오른발 양말 벗어. 자, 손 네 개 발 한 개, 다섯 개네, 세어보자." 너는 깔깔거리며 양말을 벗고는 손가락 발가락을 한 개씩 건드리면서 25까지 세는 거야. 이런 식으로 양말을 하나씩 벗어가며 5 곱하기 8까지, 너는 지치지도 않고 하나, 둘, 하며 세기 시작했어. "자, 이번엔 운전하는 엄마, 왼손 잠깐 들어봐. 송현아, 우리 빨리 세자." 그럼 너는 다시 처음부터 45까지 세는 거야. 신나게 놀다 보면, 시간이 아주 잘 갔어.

분수를 배울 때는 사과도 잘라보고 피자도 시켜서 먹고. 엄마도 나름 노력을 했던 거 같아. 눈높이 선생님은 네가 수학적인 머리가 있는 아이라서 학년이 올라갈수록 점점 잘 할 거라고 하셨어. 중학생이 되면 특히 여자애들은 남보다 잘하겠다는 샘이 생겨서 잘할 거

- - -

라고 확신하셨단다. 아, 그런데 너는 도대체 그 샘이라는 게 안 생겼던 거 같아.

얼마 전 스카이프 하면서 네가 처음으로 수학 퀴즈를 다 맞았다며 좋아하는 걸 보니 마음이 놓여. 미국은 우리처럼 문제를 너무 어렵게 꼬지도 않고 수학 진도도 너무 빨리 나가지 않아서 좋아. 우리나라는 왜 그렇게 어렵게 가르쳐서 국민의 절반을 중학교 때 수학 포기자로 만드는지. 수학 시간에 엎어져 있는 아이들 보면 마음이 아파. 천천히 가르치면 수학도 재미있을 텐데.

엄마는 수학을 별로 안 좋아했어. 그런데 살아가면서 수학, 물리, 이런 걸 잘 모르는 게 내 사고의 많은 부분에 제약을 준다는 생각을 해. 철학이나 신의 문제에 접근 할 때, 내가 이과적인 지식이 좀 더 있다면 다른 각도에서 생각할 수도 있을 텐데 싶어. 엄마가 고등학교 시절로 다시 돌아간다면 수학을 열심히 해보고 싶어. 너도 수학에 조금씩 더 흥미를 느껴 가면 좋겠어.

수학은 인간에게 뭔가 새로운 감각을 하나 더 갖게 한다.
● 다윈 ●

- - -

07

아빠의 쓰기 놀이

송현아, 아빠는 어린 시절에는 노는 것 자체가 공부라고 생각했어. 그래서 우리는 너에게 특별히 일찍 인위적으로 가르치는 것을 안했어. 책을 읽어주긴 했어도 글자를 가르치려 하지 않았지. 그런데 너는 이야기를 듣는 일에 익숙해서인지 엄마가 책을 읽어주면 읽지 말고 이야기로 해달라고 했어. 그래서 그림을 보면서 늘 이야기로 했지.

엄마랑 아빠는 공부는 재미있는 거라는 걸 아이가 알게 하는 게 중요하다고 생각했어. 그래서 네가 평생 공부를 즐기는 사람이 되길 바랐어. 책을 좋아하고 필요할 때 정보를 책에서 구할 준비가 되어 있는 사람은 인생의 어떤 고비에서도 새로운 길을 찾을 수 있다고 생각했지. 네가 책을 가까이하게 하려고 노력했지만 글자를 빨리 읽어야 한다고는 생각 안했어. 어릴 때는 공부할 게 사방에 널려 있다고 생각했어. 이 세상이 얼마나 신기하고 새로운 것으로 가득 차 있는데, 구태여 아이를 글자에 집중하게 하고 얼마나 한글을 빨리 뗐느냐를 자랑할 건 아니라는 거였어.

그런데 너는 7살이 되자 글씨에 관심을 갖기 시작했어. 그 전에는 유치원에서 가르쳐도 별 흥미가 없어했거든. 네가 글자 쓰는 걸 재미있어하자 아빠가 글자로 놀아주기 시작했어. 이름 하여 '많이 쓰기 놀이'. "송현아, 많이 쓰기 놀이하자" 그러면 너는 종이를 두 장 들고 왔어. "자, 이제 과일 이름을 누가 더 많이 쓰나 내기합시다." 그리고는 서로 빨리 쓰기 시합을 하는 거지. 그런데 이런 거는 송현이가 더 잘했어. 동물 이름, 꽃 이름, 채소 이름, 나무 이름 쓰기 등등… 특히 아빠는 꽃 이름을 잘 모르니까 항상 너한테 졌어.

이런 거는 매일 해도 네가 아주 좋아했어. 그러다가 재미있는 게임을 하나 발명해냈지. 어느 날 아빠가 종이에 칸을 그어서 스무 개를 만들었어. 서로 빈칸을 다 채운 다음 그걸 가위로 자르는 거야. 그리고는 자른 조각을 뒤집어놓고 하나씩 뒤집어서 크기가 큰 게 작은 거를 잡아먹는 놀이야. 뒤집어서 한 사람이 토끼가 나왔는데 상대방이 호랑이가 나오면 호랑이가 토끼를 가져가는 거지. 너 아주 재밌어 했단다. 기억나니?

어느 날은 종이가 막 섞이는 바람에 딸기랑 개미가 나왔어. 아빠가 "딸기가 개미보다 크니까 내가 이겼다." 하니까 네가 "근데, 아빠, 개미는 딸기를 먹을 수가 있으니까 개미가 이긴 거야." 했지. 아빠는 "와, 우리 송현이 대단한데! 그래 니가 이겼어. 딸기 가져가." 그랬지. 너 칭찬 받으면서 어찌나 자랑스러운 표정을 짓던지! 이렇게 놀면서 너는 글씨도 잘 읽게 되고 쓰는 것도 아주 좋아했어.

엄마가 옛날에 뉴질랜드에서 공부할 때 초등학교에 견학을 간 적이 있어. 그 당시 그 지역은 임대 주택이 모여 있는 가난한 곳이었어. 집이 없는 사람들한테 정부에서 5년간 주택을 임대해 주고 그동안 돈을 벌어서 자립해 나가게 해준다고 했어.

그런데 거기 교장 선생님이 자기가 발명한 쓰기 교육에 대해 우리에게 설명해 주었단다. 거기서는 읽기 교육에 앞서서 쓰기부터 가르친대. 그분은 교장인데도 자기가 커다란 판에다가 학생들의 실생활에서 일어나는 여러 상황을 그림으로 다 그렸어. 집에서 혼나는 모습, 친구끼리 장난치는 모습, 넘어져 우는 모습 등등 커다란 판에 많은 그림이 있었는데 그런 그림판이 여러 개였어. 특히 그 지역 아이들이 많이 경험하는 상황을 골라서 그렸대.

선생님이 아이들에게 그림판을 보면서 말을 하게 해. 학생이 그림을 고르면서 "나는 엄마한테 혼나서 울었어요." 이러면 그걸 그대로

써 주는 거야. 아이는 선생님이 노트에 써 준 걸 보고 그걸 베껴 쓰는 거야. 아이들은 그날의 자기 상황에 가장 어울리는 그림을 골라서 그 내용을 써 보는 거지.

그런데 이 쓰기 교육의 특이한 점은 아이가 틀리게 써도 안 고쳐준다는 거야. 그런데도 시간이 지나면 스스로 알아서 고치더라는 거야. 오히려 자꾸 철자법 고쳐주면 아이가 주눅 들어 더 못한다는 거지. 우리는 어려서부터 받아쓰기를 해서 100점을 받게 하고 그러는데 여기 사람들은 참 여유 있구나, 그런 생각을 했었어. 어떤 면에서 생각하면 영어는 철자법이 워낙 복잡하니까 철자에 너무 집중하면 쓰기교육이 안 되겠다는 생각도 들어.

그런데 이렇게 쓰기 교육부터 시작하는데도 나중에 보면 읽기 능력도 굉장히 높아지더래. 학생들 성취도를 평가하는 시험에서 부유한 지역 애들보다 읽기 능력이 더 높게 나왔다고 하더라.

엄마는 우리나라가 철저한 맞춤법 교육 덕분에 문맹률이 낮고 지식수준도 높다고 생각하지만 그래도 다른 선진국의 여유로운 교육 모습은 본받을 만하다는 생각을 해. 어려서는 자신 주변에서 일어나는 일에 대해 말하고 써보는 교육을 많이 시켜야 할 것 같아.

네가 글 쓰는 게 익숙해지자 우리는 너한테 반성문도 쓰게 했었지. 네가 거짓말 한 게 들통 나서 아빠가 너한테 지금까지 거짓말 한

- - -

거 다 써오라는 걸 시킨 적도 있었어. 얼마 전 책 정리하다가 네가 써놓은 걸 우연히 봤는데, 열 개도 넘더라고, 하하.

너는 초등학생이 되면서 가끔 한국인이 좋아하는 명시 같은 책에서 시도 베껴 썼어. 어떨 때는 무슨 말인지 모르면서도 엄마가 읽는 책을 베껴 쓰기도 했지. 그러면서 마치 자기가 쓴 것처럼 스스로 대견스러워하기도 했어. 그러다가 네가 8살 때 처음으로 시를 쓴다고 했을 때 우리는 아주 흐뭇했어. 감정을 글로 표현하는 걸 스스로 즐기게 되었다는 건 아주 중요하니까. 얼마나 잘 썼느냐는 그다지 중요하지 않아. 엄마 아빠는 우리 송현이가 마음에 있는 걸 표현하고 남들과 소통할 줄 아는 사람으로 자라가기를 바래.

가장 바람직한 글쓰기는 영감이 가득 찬 놀이이다.

● 스티븐 킹 ●

힘 안들이고 놀아주기

아빠가 너랑 놀아준 이야기가 더 남아 있네. 아빠는 가르칠 때나 놀 때 상대방의 눈높이에 맞추는 능력이 뛰어난 거 같아. 엄마가 운전을 배울 때 이야기야. 늦게 운전을 배운 엄마는 면허를 따고도 겁이 나서 도저히 혼자 거리에 못 나가겠더라고. 그래서 주말마다 옆에 아빠를 태우고 서울 시내를 살살 돌아다녔어. 그런데 하루는 차선을 제대로 못 바꾸는 바람에 지금은 없어진 청계고가도로 위로 올라가게 됐어. 거기 시속이 50내지 60킬로였던 거 같은데 너무 겁이 나서 브레이크에서 발이 떨어지지 않는 거야. 그래서 30, 40으로 벌벌 떨면서 가고 있었어.

뒤 유리창에다 '초보운전'이라고 써 붙이긴 했지만 하도 천천히 가

- - -

니까 뒤에서 빵빵거리고 난리가 났어. 그러니까 나는 더 정신이 없고 긴장이 되는 거야. 그 때 아빠가 뭐랬는지 아니?

"저렇게 빵빵거리는 건 다 당신을 주시하고 있다는 의미야. 그러니까 절대 사고 안 나. 소신껏 가라고."

다른 사람들은 남편한테 운전 배우면 으레 싸우기 마련이라는데, 엄마는 아빠랑 하는 게 제일 편했어.

아빠는 아이들의 마음을 잘 읽었어. 사촌 오빠들이랑 놀아주던 일이 생각나네. 긴 종이를 네 번 접으면 간단히 모자모양이 되거든, ⊓ 이렇게. 이걸 바닥에 놓고는 "야, 이게 자동차야. 누구 자동차가 빠른 지 후~ 불어봐." 이러면 다들 신이 나서 경쟁을 하지. 어린 왕자 생각나니? 아이들은 코끼리를 잡아먹은 뱀도 모자처럼 단순하게 그리잖아. 종이를 접어서 이게 자동차다 하면 자동차가 되는 거야. 또 바둑알을 갖다 놓고 빨리 세기 내기도 하고. 그러면 다섯 개나 열 개씩 모아놓으며 세는 아이, 그냥 한 뭉치로 세는 아이, 단순한 건데도 아이들은 아주 신 나 한단다.

또 돌부처 놀이도 했어. 한 사람이 부처님처럼 점잖게 앉아 있고 상대방은 부처님을 웃겨야 되는 거야. 춤이든 코미디든 표정이든 온갖 노력을 해서 웃음이 나오게 해야 하는데, 단지 절대 건드리면 안 돼. 너는 온갖 쇼를 해대며 아빠를 웃기려고 했어. 그러다 쇠부처 놀이라는 것도 만들어 냈는데, 이건 뭐냐면 웃기는 사람이 절대 소리를 내면 안 되는 거야. 몸짓, 표정만 가지고 웃겨야 되니까 훨씬 노력이 드는데, 너는 온갖 이상한 표정을 지으며 참 재미있어 했단다.

아빠가 피곤할 때는 네가 놀아달라고 조르면 식탁에 앉아서 너만 놀게 했어. 막대기 같은 걸 손에 올려놓고 "너 이거 안 떨어뜨리고 거실 끝가지 갔다 올 수 있어?" 하면 네가 아주 조심하면서 걸어갔다 오는 거야. "이번엔 왼손에 놓고 해봐. 이번엔 잘 안 될 걸?" 하면 너는 도전정신으로 똘똘 뭉쳐서 열심히 하지. 네가 성취감에 차서 돌아오면 이번엔 이마에 장난감 올려놓고 걸어갔다 오기, 조금씩 어려운 미션을 주면서 놀아주는 거지. 우리는 앉아 있어도 되는 거야.

아, 그리고 아주 교육적인 놀이도 있었네. 네 방에는 세계지도가 벽에 붙어 있었는데 지도 밑에 각 나라 국기가 있었어. 우리 방에는 너 유치원 때 샀던 어린이용 세계지도가 있었지. 단순해서 나라를 찾기가 쉬웠어. 아빠랑 너는 네 방 지도에서 국기 하나씩을 고른 다음에 우리 방으로 와서 그 나라를 찾는 거야. 그런데 찾으러 갈 때는 둘이서 막대기를 하나씩 들고 병정처럼 행진하면서 "프랑스를 찾으러 갑시다." "모로코를 찾으러 갑시다." 이렇게 노래를 하며 다녔단다.

일제시대에 '월남 이상재'라는 분이 계셨어. 이분은 항일 독립 운동과 민족 교육 운동에 헌신하신 분이야. 1927년에 돌아가셨을 때 사상 처음으로 '사회장'이 열렸는데 그 당시 무려 10만 추모객이 운

집했을 정도로 존경받는 민족지도자셨단다. 이분은 우리나라 초기 YMCA 운동도 하신 분인데, 나이 70이 넘어서도 30대 젊은이들하고 친구처럼 놀았대. 그래서 젊은이들이 너무 버릇없게 군다며 주변에서 비난하는 사람들도 있었대. 그럴 땐 이렇게 말했다는구나. "그럼, 내가 30살처럼 되어야지, 걔네들한테 70살처럼 하라고는 할 수 없지 않나?"

그래, 우리는 네 나이처럼 되어서 너랑 놀았어. 그런데 정말 재미있었단다. 나이 들어서 이렇게 어린 마음이 될 기회가 있다는 건 축복이라고 생각해. 엄마 아빠에게 그런 행복한 시간을 갖게 해줘서 고마워.

어린이를 자신의 아들이나 딸, 또는 자기 물건같이 알지 말고
본인보다 더 새로운 시대의 새 인물로 알아야 한다.

● 방정환 ●

아빠가 가장 행복할 때

어느 날 아빠가 송현이한테 물었어.

"아빠가 가장 행복할 때가 언제인 거 같아?"

송현이는 망설임 없이 대답했지.

"나랑 책방에 갈 때."

맞아, 아빠는 네 손 잡고 서점에 가서 책 사주는 걸 아주 좋아했어. 서점에 가기 전에는 너랑 학교 운동장에 가서 달리기 시합을 했지. 달리기를 해서 아빠한테 이기면 책을 두 권, 지면 한 권 사주는 거야.

네가 항상 이겼었니? 아닐 걸. 아빠는 너랑 달리기 시합을 할 때

- - -

도 경쟁을 즐긴다고 했어. 그냥 놀아주느라 대충 져주고 그런 게 아니야. 바둑에서 급수 차이가 나면 실력 낮은 사람이 돌을 몇 점 더 놓고 시합하듯이, 달리기도 각자의 능력에 따라 출발점을 달리하고 시합하는 거지. 너는 항상 저 만치 앞에 서 있는 거야. 땅~ 하면 둘 다 최선을 다해서 뛰는 거지. 그래서 너는 이기기도 하고 지기도 했어. 아빠는 어른이 아이랑 놀 때도 같이 즐길 줄 알아야 한다고 했단다.

한 번은 엄마가 "그런 책들은 도서관에도 있던데, 한번 보고 말 거 빌려보면 안 돼?" 하고 말하니까 아빠 대답이 "도서관이 가깝냐, TV가 가깝냐?"였어. 자기가 스스로 도서관 가서 책 빌려 보는 아이면 구태여 데리고 다니며 사주지 않아도 된다. 하지만 지금은 옛날과 다르다. 책은 아이 주변에, TV나 컴퓨터보다 가까이 널려 있어야 한다는 게 아빠의 생각이었어.

너는 책방에 가면 얼른 만화책을 집어 들었어. 우리집은 만화방 같았지. 엄마는 좀 불만이었어. 왜 만화책만 사주냐고. 아빠 말은, 읽고 싶은 걸 읽게 해야 한다는 거야. "만화만 보다가도 어느 시점이 되면 글만 있는 책을 읽게 될 거야. 만약에 얘가 만화 읽기만 평생 즐긴다면 그렇게 놔두면 돼. 나쁜 놈 되라는 만화는 없으니까."

그런데 4, 5학년이 되면서 너는 서서히 어린이 소설책도 읽기 시작했지.

- - -

아빠가 너를 데리고 서점에 다니는 건 단지 책을 사주기 위해서만은 아니었어. 책방에서 스스로 좋아하는 책을 고르는 경험이 아주 중요하다고 생각했기 때문이야. 책을 읽는 것이 드라마를 기다리는 것과 같은 설레임이 되게 하고 싶었지.

아빠는 작은 서점에서 자꾸 사야 지방 문화가 발전하는 거라고 했어. 전집을 싸게 사는 게 아니면 대개는 인터넷으로 사지 않고 우리 동네 서점에서 샀단다. 그래도 우리는 대형 서점도 많이 다녔지. 책을 사고 나면 맛있는 것도 사먹고. 책방을 다니는 건 재미있는 경험, 맛있는 추억이길 바랬어. 아빠가 말했어.

"책값보다 더 비싼 걸 사먹어도 돼. 당신은 아이랑 다니는 것에 교육을 자꾸 집어넣으려 해. 그럴 필요 없어. 어떤 책을 사서 읽었느냐가 중요한 게 아니라 책방에서 즐거웠다, 그거면 되는 거야."

우리는 독후감을 쓰라고 강요하지 않았어. 책읽기의 즐거움을 망치고 독서를 멀리 하게 만드는 주범이 독후감이라고 생각하니까. 책읽기가 놀이와 즐거움이 되게 하면 자꾸 쓰라는 말은 불필요하다 생각했어. 그런데 너는 서서히 글 쓰는 것도 즐겨하게 되었어. 가끔 학교에서 상도 타왔고. 엄마가 예전에 수첩에 적어 놓은 걸 보니까 이런 말이 쓰여 있더라. '결핍의 경험이 없는 송현이는 처절하거나 애달픈 글은 쓰지 않겠지만, 자신만의 창의성이 더해진 따뜻하고 아름다운 글을 쓰게 될 거 같다.' 엄마 말이 맞는 거 같니?

집은 책으로 가득 채우고, 정원은 꽃으로 가득 채워라.

● 랭 ●

TV를 한 시간만 봐야 하는 이유가 뭐야

엄마는 전에는 뉴스 외에 다른 프로를 거의 안 보았어. 이리저리 얽히고 괴롭히고 하는 드라마를 별로 좋아하지도 않았고 체력이 약해 늘 일찍 자니까. 그래서 방학 때 너랑 드라마를 한 개씩 보는 정도였지. 그런데 한 삼년 전쯤부터 '나는 가수다'라는 프로에 푹 빠져 TV를 자주 켜니까, 세상에, 재미있는 프로가 너무 많은 거야. 그래서 자꾸 보기 시작했지. "와, TV 진짜 재밌네. 중이 고기 맛을 안 거 같아" 하니까, 아빠가 말하길, "많~이 먹어라."(스님들께는 죄송~), 하하. 전에는 연예인 이름도 잘 몰랐는데 요새는 방송 작가들 이름까지 다 알고 있다니까.

너는 미국에서도 드라마며 예능이며 다 꿰고 있지? 시절이 정말 좋아져서 한인들을 위한 채널에서는 뭐든지 볼 수 있더라. 가끔씩 광고 나오는 것만 참아주면 말이야. 아빠는 네가 본다는 프로를 함께 봐야 얘깃거리가 생긴다며 바쁜 와중에도 챙겨보더니 아주 재미있어 한단다. 어떨 땐 논문 쓰다가 지치면 "뭐 좀 재미있는 프로 없나" 한다니까.

그런데 네가 어렸을 때 우리는 TV 보는 걸 엄격히 제한했었어. 초등학교 때는 평일에는 하루에 한 시간 정도만 보는 걸로. 너는 책 읽는 걸 아주 좋아해서 별 불만 없이 지냈던 거 같아. 어려서 디즈니 비디오는 엄청 보았으니까. 그런데 네가 초등학교 1학년 때쯤인가, 홍보하느라 두 달 동안 무료로 케이블 TV가 나왔어. 공중파만 있다가 채널이 확 늘어나니까 네가 TV 곁에서 사느라 정신이 없는 거야. 그래서 두 번째 경고가 나간 후 그 다음 번에 아빠는 네가 보는 앞에서 가위로 안테나선을 잘랐어.

반년 후 너한테 다짐을 받고 안테나를 설치한 후 너는 규칙을 잘 지켰어. 특별히 더 볼 프로그램이 생기면 허락 받고 보고. 흐흐흐, 부모의 단호함에 어린 게 좀 놀랐지. 우리가 밖에 나갔을 때도 TV를 보고 싶으면 전화해서 허락 받고 보기로 했는데, 너는 꼭 전화를 했어. 그런데, 송현아. 너는 몰랐겠지만 우리가 밖에 있을 때 네가 전화 걸면 대답은 항상 예스였단다. 아빠가 말했어. 이럴 때 거절하면 아이가 거짓말을 할 기회를 주는 거라고. 네게서 허락을 바라는 전화가 온다는 것, 그거면 되는 거야.

6학년 때 쯤, 이제 머리가 좀 컸다고 생각한 우리 딸, 어느 날 등산을 하다가 아빠에게 항의했지.

"아빠, 내가 TV를 한 시간만 봐야 하는 이유가 뭐야. 다른 집은 이렇게 안하거든."

아빠가 대답했어. "좋아, 얘기해 줄게. 세 가지로 설명하지."

너 기억 안 나지? 당연하지. 엄마는 그 대답이 꽤 괜찮아서 집에 와서 얼른 메모해 두었어. 아빠는 생각날 때 휙 말하고 잊어버리니까.

첫 번째, 교육적 관점에서 볼 때 TV는 시간 당 얻는 정보의 양이 적어. TV만 보는 습관을 들이면 이담에 바쁜 삶을 살아가야 할 사람들에게 비효율적이겠지. 두 번째, 언론학적인 측면에서, 지식의 격차 이론이란 게 있는데, TV 만을 통해 지식을 얻는 사람과 책 같은 다른 매체를 함께 이용한 사람은 지식 면에서 큰 격차가 생기게 되는 거야. 세 번째는 심리학적 측면에서, TV는 사람을 수동적으로 만들어. TV에서 말하는 것만 듣고 자신만의 생각을 안 해본 사람은 창의력의 밭이 다 썩어 버리게 되지. 빌 게이츠도 아들이 어렸을 때는 컴퓨터를 40분만 하게 규제했단다. 카카오톡을 만든 분 인터뷰를 본

적이 있는데 실제로 카톡은 업무상 필요할 때만 쓴대. 그리고 그런 걸 창조하기 위해 자신은 끊임없이 독서를 한다는 거야.

네가 이것저것 학문적으로 이유를 대는 아빠에게 기죽었는지, 아님 스스로 납득했는지는 알 수 없지만 너는 초등학교 끝날 때까지도 우리가 밖에 있을 때면 TV 봐도 되냐고 전화를 했어. 우리는 네가 전화를 한다는 사실을 고맙게 생각하며 항상 예스를 했지. 요새는 전철을 타 봐도 잠자는 사람 빼고는 다 스마트폰을 들고 있는 세상이지만, 송현아, 가끔은 아빠가 한 얘기를 생각해 보고 네가 컴퓨터로 TV 보는 시간이나 핸드폰 하는 시간을 조절하고 절제하면 좋겠어. 그리고 네가 이담에 엄마가 되어서도 일을 방해한다고 애기한테 스마트폰을 주어버리는 어리석은 일을 하지 않길 바래.

흥미의 세계가 넓으면 넓을수록 행복의 기회가 많아진다.
그리하면 운명의 지배를 덜 받게 된다.
하나를 잃으면 다른 하나로 물러갈 수 있는 것이다.

● 버트란트 럿셀 ●

귀한 것은 귀한 값을 주고 사라

언젠가 네가 친구에게 'B1A4'의 사진 여러 장을 싼 값에 샀다며 좋아했어. 원래 오천 원도 넘는 건데 이천 원에 샀다면서. 친구가 'B1A4'의 팬이었다가 'BAP'로 갈아타서 더 이상 필요 없어진 사진을 네게 싼 값에 판 거랬어. 그러자 아빠가 그거 도로 갖다 주고 돈을 받아오라고 했어. 아빠가 돈 줄 테니 새 거로 사라고. 너야 새 거 사준다니까 신나서 그렇게 했지.

아빠는 아직 어린 애들이 친구 사이에 금전 거래하는 것도 싫었지만 중요한 건 귀한 물건은 귀한 값을 제대로 주고 사라는 거였어. 그리고 한때 좋아하는 팬으로서 사서 모은 거라면 비록 애정이 식었어도 쓰레기처럼 헐값에 팔 게 아니라 다른 팬에게 선물로 주는 게 좋다는 거였어. 너도 나중에 그렇게 하라는 의미였지.

특히 문화에 대해선 제 값을 지불해야 한다는 게 아빠 생각이고 그건 엄마도 동의해. 말이 나온 김에 하는 얘기인데, 엄마는 너희들이 무료로 음악이나 동영상을 다운 받는 걸 반대해. 네가 애써서 음악이나 영화를 만들었는데 사람들이 그걸 공짜로 가져가면 안 되겠지. 문화에 돈을 지불할 줄 아는 사람들이 많은 게 선진 사회라고 생각해. 용돈을 아껴서 좋아하는 가수의 음반도 사고 공연도 보러가고 아르바이트 열심히 해서 외국의 문화도 체험하러 가보고, 그런 의식이 필요하다고 생각해.

돈 얘기가 나오니 떠오르는 일이 있네. 옛날에 있던 고등학교에서 이런 일이 있었어. 여학생인데 얘 엄마가 육성회 임원이었어. 그 당시는 육성회 임원들이 학교에 기부도 많이 하고 그랬어. 어느 날 이 학생이 지각을 했어. 지각생은 벌로 운동장을 몇 바퀴 돌고 들어가게 되어 있었는데, 얘한테 뛰라고 하니까 뭐랬는지 아니? "우리 엄마가 이 학교에 낸 돈이 얼만데……. 내가 왜 뛰어요?"

황당하지? 내가 그 자리에 있었다면 뭐라 했을까? "네가 그렇게 귀한 돈을 냈기 때문에 너를 제대로 교육시키려고 그러는 거야." 그랬을 거 같은데, 글쎄, 그게 그 아이에게 통했을지는 모르지. 그 엄마는 학교에 돈을 내며 딸에게 뭐라고 했을까, 돈은 어떻게 쓰는 게 바람직한 건지 말했을까? 나는 네가 과시하기 위해 돈을 쓰는 사람이 되지 않길 바래.

　너는 엄청 부잣집에 태어나서 아주 예쁘고 비싼 옷이랑 보석 실컷 사봤으면, 그랬지? 하하, 네가 많이 벌어. 합법적으로. 예쁜 옷도 많이 사고 좋은 일도 많이 해. 네가 이담에 엄마 큰집 지어준다고 했었지. 내가 "그냥 작은 집 지어주고 나머지는 어려운 사람 도와줘," 하니까 "아냐, 돈을 많이 벌면 엄마 큰집도 지어주고 남도 돕고 다할 수 있어." 그랬던 거 기억나니? 통 큰 우리 딸, 기대되네.

지혜로운 사람의 존경을 받고, 어린이들이 좋아하는
사람이 되기. 자연의 아름다움에 감사하기.
남의 장점을 찾아내어 발전하도록 도와주기.
자기 스스로 대가를 바라지 않는 선물이 되는 것,
그렇게 함으로써 주는 것이 곧 받는 것이 됩니다.
당신이 살아 있음으로 인해 조금 더 행복해지는 누군가가
있다는 것을 알아주세요. 이것이 성공의 의미입니다.

● 에머슨 ●

초등학교 가기 전에 준비할 것

　대여섯 살 때쯤, 어느 날 네가 주방 근처에서 놀고 있었어. 그릇을 다 꺼내서 물을 담아 거실 쪽으로 늘어놓는 거야. 일일이 나라 이름을 붙이면서 줄줄이 늘어놓기 시작했어.

　"엄마, 내가 식당을 열었어. 이거는 중국 국이고 이건 영국 국, 이건 독일 국, 이건 일본 국. 이건 프랑스 국, 이건 네덜란드 국……."

　너는 어리지만 아는 나라가 많았어. 엄마는 놀이터에서 그네 태워줄 때면 "자, 이제 프랑스 파리로 갑니다. 에펠탑이 보이네요, 씽~" 맨날 이랬었거든. 하긴, 네가 애기 때도 너를 업고 벽에 있는 세계지도를 보면서 여러 나라 얘기를 해주었었지. 너는 아직 말도 배우기 전부터 세계여행을 다 했단다. 엄마는 너를 아주 글로벌하게 키우고 싶었거든.

그런데 한참 국을 늘어놓던 네가 싱크대 밑에서 큰 그릇들을 꺼내는 거야. 아이고, 저 물 늘어놓은 거 다 내가 치워야 할 텐데 싶어서 그랬지.

"이제 그만 꺼내라. 그거 다 어떻게 치워, 정신없네."

그러자 옆에 있던 아빠가 말했어.

"그냥 놔 둬. 지 맘대로 다 꺼내게. 아예 처음부터 못하게 했으면 몰라도, 이왕 시작한 거 고것만 가지고 놀라는 게 뭐야. 그러면 얘가 나중에 장사를 해도 구멍가게밖에 못해. 나는 애가 슈퍼를 하더라도 체인을 열 개는 만드는 애로 키우고 싶어."

그래, 우리는 네가 자유롭게 너의 뜻을 펼치는 사람이 되길 바랐어. 공부 가지고 달달 볶고 애를 기죽이고 싶지 않았거든. 전에 TV에서 육아 관련 강의를 듣는데, '아이가 공부 잘할 확률 10%, 성공할 확률 100%'라는 말이 있었거든. 90%의 아이들은 열등감을 가질 거고 10%의 아이들은 우월감을 가지는 건 아니라고 생각했어.

아이가 초등학교에 들어갈 때쯤 되면 엄마들은 긴장해. 이제 우리 애를 전쟁터에 내보내는 거 같이 전의를 다지지. TV에서 봤는데 어느 사립학교 추첨에서 아이가 떨어지니까 엄마가 울더라. 우리는 교육관이 달랐어. 우리는 아이가 학교 가기 전에 꼭 필요한 게 무엇일

- - -

까 생각해 봤어. 그리고 다른 사람을 배려하고 함께 어울리는 능력이 가장 중요하다고 생각했지. 그래서 아빠는 네가 초등학교 입학하는 해 2월에 너한테 이런 문제놀이를 했단다.

송현이가 학교에 갔어요. 어떤 친구가 잘못을 했어요. 그런데 담임선생님이 잘못 알고 송현이를 야단쳤어요. 이럴 때는 어떻게 해야 할까요? 1번. 울면서 선생님을 때린다. 2번. 집에 가서 엄마한테 이른다. 3번. 선생님이 오해하셨다고 차근차근 말씀드린다. 그러면 송현이는 까르르 웃으면서 3번!!! 했었지. 또 이런 문제도 있었어.

송현이가 학교에 갔어요. 근데 반에 공부도 못하고 옷도 더러운 아이가 있어요. 친구들이 막 놀려요. 이럴 때는 어떻게 해야 할까요? 1번. 친구들이랑 같이 놀려준다. 2번. 선생님한테 이른다. 3번. 친구들 보고 그러지 말라고 말한다. 아빠는 조금씩 상황을 바꿔가며 문제를 냈고 너는 문제를 맞히며 무척 재미있어했어. 그리고는 매일매일 아빠한테 문제놀이 하자고 했단다.

엄마는 1학년 선생님을 만났을 때 송현이에게 남을 돕는 일과 궂은일을 많이 시켜달라고 했어. 너는 우유도 나르고 교실을 이동할 때 특수반 급우를 보살피는 일도 했지. 친구들이랑도 잘 지냈어.

2학년 때는 네가 국어 시험지를 가져왔는데 이런 문제가 있었어. '책을 많이 읽으면 좋은 점을 두 가지 쓰시오.' 너는 이렇게 답을 썼어. 1. 지식이 많아집니다. 2. 공부 못하는 친구를 도와줄 수 있습니다. 엄마는 이걸 보고 참 흐뭇했단다.

네가 초등학교 3학년 때 담임선생님은 엄마한테 이런 얘길 하신 적이 있어.

"송현이 주변은 늘 평화로워요. 이건 가르친다고 다 되는 게 아니에요. 얘는 아주 좋은 성품을 타고났어요. 재벌 집에 시집가도 시어머니를 자기편으로 만들 애예요. 송현이는 엄마보다 잘 살 거예요."

아직 사춘기가 진행 중인 우리 딸. "나는 잘하는 게 없어, 나는 꿈이 없어."하며 가끔씩 징징대지. 하지만 꿈을 찾는 시기는 사람마다 달라. 어떤 사람은 일찍 꿈을 찾고 화려하게 살다가 일찍 시들기도 하고 신이 일찍 데려가기도 해. 너무 서두르지 않아도 돼. 너는 사회성이 좋고 창의적이니까 언젠가는 꿈을 찾아 즐겁게 살아 갈 거라 믿어.

인간을 지력으로만 교육시키고 도덕으로 교육시키지 않는다면 사회에 대하여 위험을 기르는 것이 된다.

● 프랭클린 루즈벨트 ●

첫 키스를 언제 할까?

너는 어렸을 때부터 남자애들하고도 잘 놀았어. 초등학교 입학할 때 이모가 예쁜 책가방이랑 신주머니 사줬지? 근데 신주머니가 항상 너무 더러운 거야. 왜 그런가 물어봤더니, 던지기 놀이를 한 대나? 우리 옆 동에 살던 같은 반 남자애랑 신주머니를 멀리 던지고 거기까지 누가 먼저 뛰어가나 시합을 하며 집에 온다는 거야. 나 참, 걔가 아마 네 첫사랑이었지?

너는 워낙 사람을 좋아하는 성격이라 엄마 아빠한테 늘 좋아하는 남자애들 얘길 했어. 근데 오래 가질 않더라구. 네가 5학년 때인가 좋아하는 남자애한테 사귀자고 했더니 걔가 자기는 아직 여자친구 같은데 관심이 없다고 했다는 거야. 아빠가 네게 물어봤지.

"여자가 먼저 얘기하면 자존심 상하지 않냐?"

그랬더니 네가 이렇게 대답했었지.

"우리 반에 걔를 좋아하는 여자애가 또 있거든. 만약에 그 여자애가 먼저 얘기해서 둘이 사귀면 어떻게 해."

그런데 얼마 후 그 남자애가 전학을 갔어. 네가 뭐랬는지 아니?

"아빠, 막상 걔가 반에 없으니까 아주 편한 게 많아."

"뭐가?"

"전에는 친구들이랑 떠들면서도 항상 신경을 썼거든. 걔가 부르면 '왜?' 하면서 상큼한 표정으로 돌아봐야 하니까. 아무리 웃겨도 예쁘게 웃어야 하고. 이제 안 그래도 돼."

"그럼 지금은 어떻게 웃는데?"

"재밌으면 자지러지게 웃지~"

너는 늘 재미있는 이야기 거리를 선사했지. 6학년이 되고 두 달쯤 되었을 때야. 엄마랑 산책을 하는데 네 말이 두 달 동안 너한테 사귀자고 고백한 애가 무려 일곱 명이라나. "그래서 뭐라고 했는데?" 하니까 "내가 걔네들을 맘에 들어 하는 순서에 따라 대답이 달라지는 거지." 하더라. "어떻게 달라지는데?" 했더니 네 입에서 줄줄이 말이 흘러나오는데 깜짝 놀랐어.

"내가 첫 번째로 맘에 드는 애한테는 이러는 거야. 살짝 웃으면서 '나도 그런 생각이 있었어.' 수줍은 듯이 말하는 거지. 두 번째로 맘

- - -

에 드는 애는 '그래? 그럼 사귀어볼까?' 세 번째로 맘에 드는 경우
는, '생각해 보고 내일 대답해 줄게.' 이렇게 말이야."

엄마는 그 다음은 다 기억을 못해. 아주 재밌었다는 것밖에는. 마
지막 거는 기억나네.

"일곱 번째, 그러니까 제일 맘에 안 드는 애한테는 '어, 나 이런 고
백 처음 받아봐서 너무 당황스러워. 그러니까 이런 얘긴 안 들은 거
로 할게.' 이러는 거야. 아주 순진한 표정을 지으면서 말이야."

엄마는 너를 보며 참 신기했어. 어떻게 순식간에 저렇게 술술 나
올까. 외워서 해도 어려울 텐데. 그런데 그 다음날 다시 물어 보니까
네가 한두 개 외에는 기억을 못하는 거야. 그 순간에 직관적으로 떠
오른 걸 확 얘기하고는 잊어버리는 거지.

그래서 엄마는 네가 어쩌다 좋은 표현이나 멜로디가 떠오르면 즉
시 핸드폰에 녹음을 하라는 거야. 너는 광고 카피를 쓰는 일을 해도
잘할 거 같아. 아빠는 네가 어려서부터의 독서력에다가 타고난 끼가
합쳐져서 그렇다고 말하지. 너의 이런 능력이 언젠가는 아주 잘 쓰
일 거야.

어쨌거나 너랑 함께 있을 때는 참 재밌는 일이 많았어. 너는 가끔
엉뚱한 말을 해서 엄마 아빠를 어지럽게도 했지. 한번은 "아빠, 나
열여덟 살에 첫 키스할 거야." 그러는 거야. 아빠가 깜짝 놀라 "열여

넓 살이면 고등학생인데 그건 너무 일러. 키스는 이담에 결혼할 남자친구하고 하는 거야." 그랬더니 "아빠, 남편은 맨날 보는 사람이 잖아. 첫 키스는 로맨틱해야 하는 거니까 딴 남자랑 해야 하는 거 아냐?"

아빠는 진지하게 사랑과 결혼에 대해 너랑 얘기했어. 그랬더니 그럼 좀 생각해보겠대나? 엄마는 딸이 커간다는 게 걱정이 느는 거 아닌가 싶더라고.

그런데 얼마 전 네가 스카이프로 엉뚱한 걸 또 물었지.

"아빠, 내가 만약에 남자친구랑 키스하는 걸 아빠가 우연히 봤다, 그러면 어떻게 할 거야?"

"왜? 키스하고 싶은 애가 있어?"

"아니, 그런 게 아니고. 지금이 아니라, 만약에 이담에라도 그런 일이 생기면 그 남자애한테 어떻게 할 거냐고."

"안 되지. 걔한테 '야, 너 누구냐?' 그럴 거 같은데?"

"어, 아빠. 그렇게 부드럽게 하면 어떻게 해? 내 친구 마샤는 아빠가 격투기 선수거든. 걔네 아빠가 고등학교 때까지는 절대 남자친구 사귀지 말랬대. 만약에 사귀면 그 놈을 그냥 차서 날려버린다고 했대. 아빠도 그렇게 세게 나가야 하는 거야. 딸한테는."

이런 얘기 들으니까 엄마는 솔직히 너의 베프 아빠가 이렇게 보수적이라는 게 맘에 들더라. 너를 멀리 보내놓고 나니 정말 그 사회에서 네가 어떤 가치들을 받아들이고 어떤 삶을 선택할지 어떨 땐 걱정되기도 하거든.

중학생이 되면서 너는 성에 대한 질문을 엄청나게 쏟아 놓았었지. 가끔씩은 당혹스런 질문으로 곤란할 때도 있었지만 우리는 가능한 한 진실되게 네게 대답하려 했었어. 네가 성인이 되어가는 과정에서도 계속 엄마 아빠랑 대화가 이어지길 바래. 어려서부터 쌓아온 우리의 신뢰가 네 가슴속에서 사그러들지 않기를 기도한단다.

교육의 바탕은 인간에 대한 진정한 존경이다.
부부간의 상호 존경은 서로 상대방을 성장시키고,
어린이에 대한 순수한 사랑은 어린이를 성장시킨다.

● 까마라 주교 ●

아빠, 나 스무 살에 독립할 거야

　중학교 일학년 때, 사춘기가 슬슬 궤도에 오르던 무렵 우리 집은 좀 과잉보호를 하느니 어쩌니 궁시렁대던 네가 어느 날 아빠한테 말했어.

　"아빠, 나 스무 살에 독립할 거야."
　"그래? 그거 아주 좋은 생각이다. 엄마 아빠의 교육의 최종 목표가 바로 너의 독립이거든."
　"그럼 나 혼자 나가 살래."
　"좋지. 그럼 생활비랑 학비는 네가 벌어서 댈 거지?"
　"어, 그건 아빠가 해 주는 거 아냐?"

- - -

"왜? 너 독립한다며? 아빠가 해 주면 그게 무슨 독립이야?"

"……."

"가만 있자, 어떻게 하는 게 좋을까? 그럼 이렇게 하자, 아빠가 너 독립하는 거를 4년 연기시켜 줄게. 스물네 살이 되면 네가 독립해서 나가는 거야. 그때까지는 엄마 아빠가 학비 대주고 먹여줄게, 어때?"

너는 아무 말도 못하고 좀 김샜다는 표정이었어. 옆에 있던 엄마는 재밌으면서도 좀 고소하달까, 그런 느낌이었지, 하하.

송현아, 독립한다는 거는 한 인간으로서의 삶을 스스로 책임진다는 거야. 네가 홈스테이집에서 집안일을 도우며 용돈을 버는 게 정말 대견해. 방학에는 거기 동생들 공부를 가르치는 아르바이트도 하기로 했다며? 그런 기회가 온 게 엄마는 아주 기뻐. 독립을 위한 첫걸음이라는 생각을 하거든.

스스로 독립하기 위해서는 준비가 필요하고 책임과 의무가 동반되는 거라는 걸 이제는 네가 알거야. 엄마 아빠는 솔직히 네가 좋은 사람을 만나서 독립을 함께 꾸려 가면 좋겠어. 우리가 너랑 즐겁게 대화하듯이 그렇게 대화할 수 있는 아들이 하나 생긴다면, 아, 그거 지나친 욕심은 아니겠지?

- - -

딸의 독립과 결혼, 정말 너는 어떤 남자를 우리 앞에 데리고 올까, 많이 궁금해. 너는 성격이 좋고 재미있어서 남자애들한테도 인기가 많을 텐데, 과연 너 자신은 어떤 애를 고를까. 엄마는 그런 거 생각하면 약간 걱정되는데 아빠는 기대가 된대. 어쩌면 아주 순하고 착한 남자를 데려올 거 같대나. 네가 나대는 성격이라서. 엄마는 결혼을 반드시 해야 한다고 주장하진 않아. 하지만 맘 맞는 사람이랑 결혼하면 대화할 좋은 벗이 항상 옆에 있는 거니까 행운이라 생각해.

네가 얼른 커서 스물네 살이 되면 좋겠다. 아니야, 얼른 크지 말고 천천히 세월이 가야지. 우리 딸이랑 이렇게 즐거운 추억들을 많이 쌓아가면서.

자립에는 세 가지 의미가 있다.
첫 번째, 일용할 양식을 남에게 의존하면 안 된다.
두 번째, 스스로 지식을 습득하는 능력이 있어야 한다.
세 번째, 자신의 감정과 생각을 다스릴 줄 알아야 한다.

● 비노바 바베 ●

내가 1등 하면 핸드폰 사줄 거야?

네가 초등학교 2학년 때 아빠랑 한 얘기야.

"아빠, 나 언제 핸드폰 사줄 거야?"

"사촌 오빠들도 중학생 때 샀으니까 너도 그 때 되면 사줄게."

"내가 1등하면 사줄 거야?"

"그럼 1등 못하면 대학교 갈 때까지 안 사줘도 돼?"

"(뿅찐 얼굴로 바라보던 송현이) ……. 그냥 중학생 때 사줘."

엄마는 엄청 웃겼는데 훗날 "너 그 때 어떤 기분이었니?" 하고 물어보니까 네가 "절망적이었어." 그랬지. 그런데 점점 더 핸드폰이

실용화되고, 범죄가 늘어나는 세상에 딸 가진 게 걱정도 되고. 그래서 예상보다 일찍 5학년 때 사주게 되었단다.

그러다가 중학생이 될 무렵에는 모두 스마트폰을 사는 추세였지. 엄마는 학교에서 스마트폰의 폐해를 워낙 많이 봤던지라 내키지 않았지만 할 수 없었어. 그래서 너랑 이런 저런 약속을 하고 사주었지.

너 다니던 중학교에서는 일과 중에는 핸드폰을 제출하기로 되어 있어서 우리는 참 다행이라고 생각했단다. 그러다 한 5, 6월 쯤 되었을까, 네가 손목이 아프다며 붕대를 칭칭 감고 다니는 거야. 그래서 핸드폰 많이 해서 그런 거 아니냐니까 아니라고……. 그대로 넘어갔어. 그런데 2학기가 되면서 네가 학교에 적응을 못하고 수업시간에 잠만 잔다는 얘기가 들리기 시작했어. 나중에 알고 보니 3월부터 계속 밤마다 두세 시까지 문자하느라고 정신이 없었더라고.

왜 그렇게 많이 하냐고 했더니 문자로 압축해서 빠르게 진행되는 대화가 너무 재미있다는 거야. 그런데 네가 문자 주고받는 친구들은 정상적인 부모라면 엄청 걱정할 애들이었거든. 밤늦게까지 거리를 싸돌아다니고 집에서는 부모가 아주 무관심한 애들. 지금은 1학년 이지만 시간이 갈수록 어떤 변화과정을 거치게 될지 교사인 엄마는 눈에 훤히 보이니까 마음이 편할 수 없었어.

어쨌거나 이대로는 안 되겠다 싶어 주중에는 밤 11시부터 아침 7

시까지 하루에 8시간은 핸드폰을 엄마에게 맡기기로 했지. 이건 엄마만의 결정이 아니라 상담선생님의 조언이기도 했어. 네가 자율적으로 한다고 하고는 자꾸 어기니까. 그 이후로 많은 갈등이 있었어.

결국 우리가 지구 반대편에 떨어져 지내는 상황이 되기까지, 엄마는 스마트폰이 없었더라면, 몇 년 만 더 늦게 발명되었더라면, 하면서 우리나라의 IT 기술을 원망할 지경이 되었어. 스마트폰이 네 문제의 주요 원인은 아니었겠지만 그 과정에서 큰 비중을 차지한 건 사실이니까.

거기서도 너는 미국 아이들보다 핸드폰을 붙들고 있는 시간이 많아서 사실 걱정되기는 해. 너 스스로 자제하기 전에는 우리가 할 수 있는 일은 이제 없지. 그저 네가 그림 그리고 책 읽고 기타치고 운동하고 그렇게 다른 일에 더 시간을 나누기를 바랄 뿐이야.

그런데 며칠 전 아빠가 너랑 카톡을 한 시간이나 했다면서 너무 신 나 하는 거야. 무슨 얘기를 그렇게 했냐고 하니까 내용을 보여주데. 그런데 내용이 참 신선하고 좋았어. 핸드폰이나 기억에서 지워지기 전에 여기에 약간 캡쳐해 둘까?

"아빠도 카톡 '상태 메시지'에 뭐 좀 적어 놔. 예를 들어, 친구는 손수건 같은 존재이다, 이런 거."

- - -

"그게 무슨 뜻인데?"

"어, 내가 어디선가 들은 말이야. 힘들 때 땀을 닦아주고 슬플 때 눈물을 닦아주니까."

"좋아, 그럼 아빠도 쓸까. 친구는 물 같은 존재다, 이렇게?"

"왜?"

"없으면 목마르니까."

"ㅋㅋㅋ, 말 되네."

"그럼 이번에는 네가 이유를 말해 봐. 친구는 가을바람이다."

"시원하니까. 땀을 말려주고 쉬게 해주니까."

"야, 좋은데! 아빠는 '친구는 길이다'라고 생각해."

"왜?"

"인생을 사이좋게 걸어가니까."

"ㅋㅋ 재밌네. 하나만 더 해봐, 아빠."

"친구는 강이다. 넓은 바다로 인도하니까."

"ㅋㅋㅋ 멋져~"

"이번엔 엄마로 해보자. 엄마는 시냇물이다. 잔소리가 졸졸 흐르니까, 어때?"

"ㅋㅋ 재밌다. 또 해봐, 아빠."

"엄마는 공이다. 니가 이유 말해봐."

"잘 굴러가니까."

"어디로 굴러가는데?"

"글 쓸 때 보면 머리가 잘 굴러."

"어, 말 되네. 그럼 송현아, 이번에는 엄마는 연꽃이다, 이유를 말해봐.

"아빠랑 나라는 연못에 예쁘게 피어 있으니까."

아빠가 이걸 보여주면서 얼마나 즐거워했는지 아니? 옛날에 너랑 언어 놀이 하던 때가 생각났다면서. 엄마 맘이 얼마나 푸근해지던지.

이제는 네가 이렇게 좋은 내용으로 카톡을 할 수 있는 친구들을 사귀게 되면 좋겠어. 인생의 길을 같이 걸어가고 넓은 바다로 서로를 인도해주는 그런 친구들. 앞으로 네가 세계 여러 나라의 친구들과 그런 메시지를 주고받으며 살아가길 바래. 그리고 엄마 아빠도 그런 친구들 중에 낄 수 있다면, 아, 우리가 이 세상에 온 보람이 있구나, 그런 생각이 들 거 같네.

- - -

대화는 삶을 위한 참신한 힘을 가져온다.

대화는 인간을 낮의 괴로움과 밤의 외로움에서 벗어나게 해 준다.

대화에서 드러나는 진리는 위로와 함께 삶을

밑받침하는 진리이기 때문이다.

● 벨노프 ●

우리 집은 패키지로 한다

송현아, 엄마는 체력이 약해서 그런지 건강하고 힘 좋은 사람이 늘 부러워. 어떤 일을 하든지 건강해야 마음이 밝고 여유도 있는 거 같아. 피곤하면 짜증부터 나잖아. 그래서 네가 어려서부터 태권도도 시키고 등산도 늘 데려갔었어. 너는 어려서는 좀 통통한 편이라 산에 오르는 걸 좀 힘들어했어. 우리는 이런 저런 얘기도 해주고 꼬셔가면서 데리고 다녔지. 약간의 미끼도 필요했어. 아빠는 '우리 집은 패키지로 한다.'는 원칙을 세웠어.

여행을 패키지로 가면 자기가 가기 싫어도 정해진 코스를 따라다녀야 하지. 마찬가지로 엄마 아빠랑 여행도 다니고 공연도 보려면 등산이랑 태권도도 꼭 해야 하는 거라고 못 박았지. 네가 훗날에 그

77

런 걸 반 강제적으로라도 했던 걸 고맙게 생각할 날이 있을 거야.

얼마 전에 라디오에서 들은 얘기야. 에디슨의 유명한 말을 다시 생각해보게 하는 내용이었어. "천재는 1%의 영감과 99%의 노력으로 이루어진다." 라는 말이 있지. 우리는 이걸 노력의 중요성을 강조하는 말로 해석해. 아무리 머리가 좋아도 노력을 해야 한다라는 뜻으로.

그런데 사실은 그렇게 해석할 게 아니라는 거야. 99%의 노력을 기울이는 사람은 수없이 많다는 거지. 그런데 왜 어떤 사람은 1%의 영감을 갖게 되어 새로운 것을 창조해내고 왜 어떤 사람은 힘들게 노력만 하다 마는 걸까. 그렇다면 이 1%의 영감을 갖게 하려면 어떻게 교육을 시켜야 하는 걸까. 그러기 위해서는 네 가지가 필요하다는 건데, 안타깝게도 우리의 교육과는 정 반대되는 것들이 많지.

첫 번째는 '충분한 수면'이야. 숙면을 해야 뇌가 활성화되고 창의력이 느는데 우리나라 수험생들은 잠을 적게 자야 한다는 강박관념을 갖고 있어. 부모들 역시 그렇게 아이들을 몰아붙이지. 특히 사춘기는 잠이 많은 시기거든. 그런데 신경이 증폭되고 호르몬이 요동치는 시기에 숙면을 취하지 못하니까 짜증이 늘고 남을 괴롭히고 왕따 시키고 그런 짓들을 하지. 안타까울 때가 많아.

두 번째는 '운동'을 많이 하라는 거야. 두뇌의 긴장을 풀고 체력을 길러야 하는 거지. 실제로 규칙적인 운동을 하면 뇌 기능이 좋아지고 기억력이 향상된다고 해. 네가 다니는 학교는 매일 체육시간이 있지. 엄마는 우리나라도 좀 그랬으면 좋겠어.

세 번째는 여행을 많이 해서 새로운 것을 접하고 창의적인 생각을 할 수 있는 기회를 제공하라는 거야.

네 번째는 독서를 많이 하라는 건데, 중요한 것은 '독서'라는 행위 자체보다 독서의 내용이야. 독서를 하되 '자기가 익숙하지 않은 분야의 독서'를 하라는 거야.

너한테는 역사나 미술에 관한 책이, 엄마에게는 과학이나 경제에 관한 독서가 어울리겠네. 늘 하던 분야가 아닌 새로운 분야에 호기심을 갖는 것이 1%의 영감을 얻는 방법인 거지. 그래서 독서는 '앉아서 하는 여행'이고 여행은 '걸으며 하는 독서'가 되는 거래. 어때, 멋진 표현 아니니?

송현아, 1%의 영감은 천재한테만 필요한 것이 아니고 이 세상 누구한테나 필요한 거 아닐까. 엄마 아빠는 사람은 누구나 자신만의 능력을 타고 나고 부모와 학교는 그런 잠재력을 최대한 끌어내 주도록 노력해야 한다는 신념을 갖고 있어.

너는 그런 바탕을 어려서부터 키워왔다고 생각해. 창의적이고 아름다운 삶을 살기 위한 노력을 앞으로도 많이 하기 바래. 이제는 엄마 아빠가 패키지로 하자고 안 해도 네 삶에 꼭 필요한 너만의 패키지를 스스로 만들어 보렴.

- - -

이 세상은 책이다. 여행을 하지 않는 사람은
한 페이지만 계속 보는 사람과 같다.

● 성 아우구스티누스 ●

아줌마가 왜 남의 자식을 때려요?

우리는 너를 민주적으로 키우려고 노력했어. 뭐, 노력이라기보다 엄마 아빠가 사는 그런 식으로 너도 민주적인 가정의 일원이 된 거지. 그런데 네가 다섯 살쯤 되면서는 주장도 강해지고 고집도 생기기 시작했지. 어느 날 샤워를 하도 안하려고 징징대기에 엄마가 열받아서 한 대 때렸는데 네가 그러더라구.

"엄마는 폭력은 나쁜 거라면서 왜 날 때려?"

뭐든지 따지고 들고 고집 피워서 내가 어느 날 "우리가 애를 너무 민주적으로 키우는 거 아니야?" 했더니, 아빠가 "민주주의는 상대적인 개념이 아니야. '약간' 민주적이라든가 '너무' 민주적이라든가, 그런 건 없는 거야. 우린 '그냥 민주적으로' 하는 거야." 그러더라구.

- - -

엄마는 가끔 아빠를 보면서 '이 사람은 육아교육을 전공했나?' 하는 생각을 했어. 네가 아주 어렸을 때야. 아기는 뭔가 신기한 게 보이면 막 기어가잖아. 그게 입으로 들어가면 안 되는 물건이면 엄마는 얼른 치우지. 그런데 아빠는 '아이가 원하는 물건을 바로 아이 앞에서 치우지를 말라'는 거야. 아빠는 그럴 때 딸랑이 같은 거로 소리를 막 내. 그럼 애가 그 쪽으로 고개를 돌리지. 그럴 때 치우라는 거였어.

그러니 아이를 때리는 거는 말도 안 되는 거였지. 아기 때 기저귀를 갈면서 다리를 들어 올리면 네가 뻗대고 엉덩이를 안 내리려고 해. 아가는 그게 재밌나봐. 그럴 때 엄마가 '뒤집지 마라, 좀 가만있어' 하면서 살짝 엉덩이를 쳐도 아빠는 기겁을 했어. 아빠가 얼른 와서 "퐁당퐁당 돌을 던지자" 노래를 하면서 다리를 번갈아 흔들어주면 네가 말을 들었지.

내가 "아이를 절대 손 안대고 키울 거야?" 하고 물었더니 "나는 그냥 때리지를 않는 사람이야. 그러니 '절대 안 하겠다.' 그런 결심을 할 필요가 없어. 그건 그럴 의사가 있는 사람들이 하는 말이지. 군대에서도 아랫사람을 때려본 일이 없는데 가족을 어떻게 때려." 그랬었단다.

엄마의 육아일기에는 '송현아, 앞으로 너의 여러 고집과 주장에 아빠가 시시때때로 어떤 대응책을 쓸지 아직은 알 수 없지만 우리는 재미있는 에피소드를 많이 만들어내는 가족이 될 거야' 이렇게 쓰여 있어.

그런데 이런 아빠한테 네가 종아리를 맞는 초유의 사건이 발생했지. 너는 기억이 안 난다고 하는데 네가 초등학교 1학년 때 일이야.

엄마는 네가 학교 끝나고 텅 빈 집에 홀로 들어오게 하는 게 아주 싫었어. 그래서 주중에는 매일 도우미 아줌마가 오후시간에 오시게 되었어. 엄마는 명품이라는 걸 사본 적이 없지만 이런 데는 돈을 써야 한다고 생각했지. 마침 아주 교양 있고 좋은 분을 만나게 되었어.

네가 어린이집 다닐 때는 저녁에 집에 왔는데, 학교 가면서는 오전 수업하고 일찍 오게 되니까 시간이 많이 났지. 그래서 심심하다며 아줌마한테 놀아달라고 지나치게 엉길 때가 많았어. 어느 날 아줌마가 '청소해야 되니까 좀 떨어져서 놀라'고 하는데 네가 계속 엉기더래. 그래서 등을 한 대 치면서 '왜 이렇게 말 안 들어. 저리 좀 가라' 그랬대. 그랬더니 이 여덟 살짜리가 자기도 아줌마를 치면서 "내가 아줌마 딸이에요? 아줌마가 왜 남의 자식을 때려요?" 그랬다는 거야.

우리 집에 비상이 걸렸지. 아빠가 너를 앉혀놓고 아주 단호하게 경고를 했단다.

"너 학교에서 잘못해서 선생님한테 맞으면 '선생님이 왜 남의 자식을 때려요?' 그럴 거냐? 아줌마도 엄마나 선생님처럼 너를 교육하는 분이다. 앞으로 이런 일이 또 생기면 용서하지 않겠다."

그런데 그 비슷한 일이 또 발생했어. 아줌마가 야단을 치니까 "여긴 우리 집인데 아줌마가 왜 우리 집에서 소리를 질러요?" 그러면서 대들었다는 거야. 아빠가 그 얘기를 듣고 너를 불러 세웠어. 너는 생전 처음으로 아빠한테 종아리를 맞았지. 그리고 아줌마에게 정식으로 사과 편지를 쓰기로 했어.

다음날은 일요일이었어. 사과 편지 쓰려니까 꾀가 난 네가 아빠한테 이러는 거야. "아빠, 사람은 용서를 할 줄 알아야 하는 거야." 그랬더니 아빠가 "어, 맞는 말이야. 그런데 용서는 정말로 잘못을 뉘우치는 사람에게 해주는 거거든. 그러니까 어서 사과 편지 써."

너는 아무 말도 못하고 편지를 썼지. 엄마는 속으로 '혹시 애가 아줌마 땜에 혼났다고 안 좋은 감정을 가지면 어떡하나' 하는 생각을 했는데, 의외로 너는 아주 진실되게 편지를 썼더라구. 다음 날 아줌마에게 사과드리고 그 다음부턴 그런 일이 없었어.

송현아, 왜 우리가 이렇게 단호하게 대처했었는지 이해하겠니? 우리는 네가 이담에 사회에서 어떤 일을 하던 간에 진정한 리더로서 남을 함부로 대하지 않고 자기보다 어려운 사람을 위해 자신의 능력을 나누는 사람이 되기를 바랐어.

- - -

선진국 형 리더는 자기에게 항의하지 못하는 약자들을 위해 노력하는 사람이고 후진국 형 리더는 약자들에게서 뜯어먹으며 사는 사람이라고 생각해. 자기의 위치를 이용해 남을 누르고 착취하려는 사람, 그렇게 하면 안 된다는 걸 교육 받지 못한 사람은 참 불행한 인간이라고 생각해.

엄마 아빠는 우리 딸이 진정한 인격을 가진 사람으로 성장해 가기를 항상 기원하고 있단다. 오늘도 편안한 밤이 되길……

인격의 척도는 자기에게 맞서 싸울 수 없는
사람들(people who cannot fight back)을
어떻게 대하느냐에 달려 있다.

● 애비게일 반 뷰렌 ●

- - -

2부

엄마도 내 친구

캥거루가 부러웠던 엄마

　송현아, 엄마에게 인생에서 가장 행복했던 순간이 언제였냐고 물으면 떠오르는 한 장면이 있어. 행복감이라기보다, 뭐랄까… 아주 감미로웠던 그런 순간, 그건 네가 아주 갓난아기였을 때 일이야.

　너는 야행성이라서 늘 늦게까지 너를 안고 있다가 잠들면 내려놓았어. 그러던 어느 날이야. 너를 안고 있다가 내려놓으려는데 너를 품에서 떼어놓기가 싫은 거야. 그래서 한참을 안고 있었어. 그날 밤 엄마의 육아일기는 이렇게 시작되지.

　'송현아, 엄마는 문득 캥거루가 부러워졌어. 아기를 항상 몸에 지니고 다닐 수 있잖아.'

　세상이 모두 잠든 고요하고 적막한 밤, 잠든 너를 바라보며 엄마

- - -

는 그 순간이 얼마나 평화롭고 감미로웠는지 몰라.

인생은 참 재미있어. 부모와 아이가 함께한 추억이 부모 마음속에만 남아 있는 게 참 많아. 아이한테 얘기를 해주어도 아이들이 기억하는 거는 단순한 사실들에 불과하지. 자녀가 부모 마음을 알려면 우리는 많이 기다려야 해. 하지만 부모는 아이들이 기억 못 하는 많은 추억을 가지고 있어서, 그게 너무 소중해서, 아이들이 커가면서 말 안 듣고 말썽부려도 기다릴 수 있고 참을 수도 있는 거야.

아기를 키우면 신기한 게 많아. 네가 생후 4개월 정도 되었을 때쯤인 것 같아. 애가 두 손을 주먹을 꽉 쥐더니 자꾸 비비는 거야. 얘가 왜 이러나 싶었어. 그런데 며칠 그런 짓을 하더니 그 힘으로 몸을 확 뒤집는 거야. 두 손이 마치 프로펠러 같은 역할을 한 거지. 그러더니 얼마 안 되어서 뒹굴뒹굴 구르기 시작하데. 엄마는 잠이 들고 야행성인 아기는 방 한쪽 끝까지 빙빙 굴러갔다가는 다시 엄마 쪽으로 굴러 와서 엄마랑 쿵 부딪히고는 다시 저쪽으로 굴러가고, 그러면서 밤 한두 시까지 너 혼자 구르다가 잠들곤 했단다.

엄마는 그런 시절이 그리울 때가 많아. 아기들은 말을 못해도 얼마나 다양하고 예쁜 표정을 짓는지 아니? 자신의 느낌을 정말 많은 표정으로 나타내지. 네 표정 중에서 제일 재미있었던 건 응가를 하고 난 후의 얼굴이야. 두 팔을 위로 뻗으면서, '아, 이 세상에 이보다 더 편안한 건 없을 거야.' 하는 듯 아주 만족스러운 표정을 짓는데,

- - -

정말 귀여웠어.

너는 13개월 만에 걷기 시작했어. 빠른 편은 아닌데 늦게 걷는 아이들 중에는 신중한 아이들이 많다고 해서 엄마는 조바심을 안 냈어. 어느 날 엄마가 세수를 하고 나왔는데 네가 소파에 있던 수건을 갖다 주었어. 그 때 엄마가 얼마나 반가워하며 기뻐했는지. 아기가 인지가 조금씩 발달해 갈 때 엄마들이 느끼는 감탄, 그건 어떨 땐 희열에 가까운 거란다.

그런데 송현아, 너는 아기 때의 일을 의식적으로는 기억하지 못하지만 그렇다고 그게 없어진 건 아니지 않을까? 너의 의식 저 건너편 어딘가에는 엄마가 신기해하고 기뻐하던 표정들, 네가 처음 일어나 걸으며 보게 된 세상, 그런 것들이 저장되어 있지 않을까? 네 입으로 처음 '엄마'라는 말을 했을 때, 너 역시 네 입으로 나오는 그 말을 듣고 환희에 차지 않았을까? 네가 멀리서 엄마를 그리워할 때 네 마음속에는 그 모든 기억과 추억들이 합해져서 엄마의 모습이 그려지지 않을까?

캥거루가 부러웠던 엄마의 마음. 그런 걸 느껴본 게 엄마 인생에서 얼마나 축복된 감정이었는지, 너를 안고 있던 그 순간이 얼마나 행복이었는지, 엄마는 감사하게 생각해. 어느덧 너는 멀리 튀어 나가버린 내 캥거루지만 이 담에 너의 예쁜 아기들을 위해서는 다시 한 번 엄마 캥거루가 될 용의가 있어. 아니, 할머니 캥거루. 그건 좀 이상한데? 하하. 어쨌거나 엄마가 도와 줄 테니 나중에 많이 낳아라. 건강하게 잘 지내.

이 세상에는 여러 가지 기쁨이 있지만,
그 가운데에서 가장 빛나는 기쁨은 가정의 웃음이다.
그 다음의 기쁨은 어린이를 보는 부모들의 즐거움인데,
이 두 가지의 기쁨은 가장 성스러운 즐거움이다.

● 페스탈로찌 ●

02

내가 예뻤던 때를 생각해봐, 엄마

송현아, 나는 교육적이고 아주 우아한 엄마가 되고 싶었어. 부드럽게 타이르면 말을 잘 듣는 아이, 항상 웃음소리만 들리는 우리 집. 그런데 이 꿈이 네가 유치원 갈 때쯤 되면서부터 깨지기 시작했단다.

아이들이 고집이 생기기 시작하는 게 이때쯤인 것 같아. 이 한 번 닦이고 재우려면 너무 힘들어서 자꾸 잔소리를 하게 되었어. 네가 여섯 살 때야. "너 왜 이렇게 말 안 듣니?" 했더니 네가 "엄마가 나한테 좀 더 부드럽게 '송현아~, 이 닦아라~.' 하면 내가 기분이 좋아져서 잘할 거야. 그럼 엄마도 웃게 될 게 아냐?" 그러더라구.

나도 좀 켕기는 게 있어서, '좋아, 그렇게 해보자.' 했지. 그런데 이 약효가 딱 두 주 가더라. 또 안하기 시작하는 거야. 그래서 "만약에 네가 엄마라면 이렇게 화날 때 어떻게 할 거야?" 했더니 뭐랬는 지 아니? "엄마, 내가 다섯 살 때까지는 말을 잘 들었다며. 화날 때 는 내가 한 살 때~, 두 살 때~, 세 살 때~, 네 살 때~. 다섯 살 때 ~ 예뻤던 일을 생각해봐. 그럼 기분이 좋아질 거야. 그럼 다시 목소 리가 부드러워지게 되지."

　나 참, 너 말하는 게 귀여워서 좀 더 참아 봤지. 그런데 민주적으 로 하는 거는 인내가 많이 필요하고 체력도 필요해. 엄마는 학교 갔 다 와서 지치니까 네가 말 안 들으면 엄청 짜증이 났었거든. 그래서 화나면 소리도 지르고, 그러다 스스로 깜짝 놀라서 '아, 우리 아버지 가 소리 잘 질렀는데,' 하는 생각이 들어. '얘가 나중에 지 자식에게 이렇게 소리 지르면 어떡하지' 은근 겁이 나기도 했어.

　"내가 애 낳기 전에는 성질이 이렇게 더러운 줄 몰랐어. 자꾸 소 리를 지르게 된다니까," 했더니 아빠가 "그거 직업병이야. 학교에서 소리 지르다 보니까 집에서도 그렇게 되지. 학생들한테는 소리 질러 서 해결하면서 집에서는 우아하게 하려니까 안 되지." 그래서 내가 "학생들이 서른 명이 훨씬 넘어. 타일러서 되는 애들도 있지만 진짜 말 안 듣는 애들은 소리도 지르고 벌점도 준다고. 방법이 없어. 아 니, 방법보다는 시간과 체력이 안 된다구." 그랬지. 아빠 말이 "그러 니까 당신은 가장 수준 낮은 학생에게 하는 방법을 딸한테 쓰는 거 네." 아, 할 말 없어.

- - -

그래도 '직업병'이 어디 가겠냐. 학생들은 한두 번 시키면 움직이는데 어린애들은 안 그렇잖아. 한 번은 치과에 가는 날이었어. 그렇게 이 안 닦더니…… 여섯 시에 예약을 해 놓고 학교에서 급하게 돌아왔지. 놀이터에서 더 놀겠다는 너를 달래서 치과로 걸어가는데, 너는 덥다고 투덜대고. 아이스크림 사 달래서 편의점 들어갔는데, 뭔 비싼 장난감 사달라고 조르기 시작, "안 돼. 시간 늦었어," 하면서 나오다 돌아보니 네가 화난다고 집 쪽으로 가고 있는 거야. 시간은 오 분밖에 안 남았고, 내가 시간 맞추느라 얼마나 정신없이 달려왔는데 싶으니까 확 열이 오르더라고. 달려가 무식하게 네 등짝을 한 대 때리고 우는 애를 끌고 치과로 들어갔지. 진료 받고 나오면서 네가 한 말, "엄마, 나는 이담에 이런 일이 생기면 내 아이를 골목으로 데려가서 사람들 없는 데서 등짝을 때려줄 거야." 아, 나는 왜 이렇게 망가지는 거지? 우아하게 안 되네…….

그러다가 아주 좋은 책을 발견했어. '신발 속에 사는 악어'라는 책인데 아이가 떼쓸 때 동시를 만들어 들려주는 거야.

> 악어야 악어야 신발 속에 사는 악어야.
> 세상에서 가장 맛있는 음식은 더러운 발.
> 발을 씻지 않는 아이가 신발을 신으면,
> 발을 꽉 깨물어 먹어라.

- - -

저자도 딸을 키우다 보니까 잔소리를 할 일이 너무 많아지더래. 그래서 그 내용을 동시로 만든 거지. 재밌는 동시가 아주 많았어. 그 중에서 네가 제일 좋아했던 거는 '눈물 대신 꿀물이 나오는 아가씨' 였어.

옛날 옛날 어느 마을에 눈물 대신 꿀물이 나오는
그런 아가씨가 살고 있었대.
아가씨가 울 때마다 들판에 나비와 꿀벌들이 날아와
꿀을 빨아 먹기 때문에
아가씨가 슬퍼도 울 수가 없었지.

이렇게 시작하는 시야. 마지막에는, 아가씨가 나중에 시집을 갔어. 엄마가 보고 싶어 엉엉 우니까 남편이 '당신은 울 때마다 꿀물이 나오니 인절미를 찍어먹게 계속 우시오' 했대. 그러면 아가씨가 슬픈데도 웃음만 나왔대. 너는 너무 재미있어 하며 자꾸 읽어 달라고 했어. 네가 말 안 듣거나 짜증낼 때면 이 책에 나오는 동시들을 이용했어. 도움이 많이 되었지.

그래도 아이를 키우면서 항상 우아하기는 힘들더라. 초등학교 1학년 때인가, 네가 서점에서 엄마가 꼭 읽어야 하는 책이 있다면서 나를 끌고 가는 거야. 가보니 책 제목이 "화내는 부모가 아이를 망친다."였어. 그래서 내가 "말 안 듣는 아이는 엄마 성격을 망친다." 그랬지. 하하.

그런데 송현아, 어찌 보면 '우리 애는 한 번도 말썽 부린 적이 없어요. 한마디 하면 다 들어요,' 이런 애는 재미없을 거 같아. 어디선가 들은 얘기인데 '고집 센 아이가 부모 임종을 지킨다.'는 말이 있대. 무슨 의미일까. 고집 센 아이는 자기 철학이 뚜렷하고 삶에서 자기 역할을 다하려 노력한다는 뜻이 아닐까. 너는 고집이 세지만 논리적이고 대화가 통하는 예쁜 아이였어. 그래서 이렇게 재미있는 추억이 많잖아. 잘 자, 고집 세고 똑똑한 우리 딸.

우리가 자유로운 사회를 모색하면서
활발한 대화의 방법에 부단히 몰두할 때,
민주주의는 그 절정에 도달할 것이다.

● 존 듀이 ●

03

엄마랑 딸이 만드는 동화

엄마가 글을 써서 보여주면 아빠는 '어, 내가 그랬었나?' 이럴 때가 많아. 아빠는 생각나는 대로 즉흥적으로 놀아주어서 나중에 잊어버리는 경우도 많지. 너는 어렸을 때 일이라 생각 안 나는 것도 많고. 결국 구경꾼이었던 엄마만 세세히 기억하고 있는 거네.

그런데 송현아, 엄마도 너랑 많이 놀아주었어. 엄마는 네가 갓난아기 때부터 이야기를 많이 해 주었어. 학생들한테 말하는 게 직업인 엄마가 막상 육아휴직을 3년이나 하려니 심심했거든. 말도 못하는 아기에게 엄마는 끊임없이 혼자서 말을 걸었지. 나중에 알고 보니 엄마가 수다스러워야 아기의 지능이 는다더라. 나는 네가 어려서부터 어휘가 풍부했던 건 이런 엄마 덕분이라는 자부심이 있지. 하하.

- - -

그리고 임선주 이야기는 기억나지? 임선주는 엄마랑 네가 만드는 동화의 주인공이었어. 너랑 나랑 이름을 함께 지었지. 너는 "엄마, 오늘은 선주가 아빠 몰래 위험한 데서 인라인 스케이트 타다가 들켜서 혼난 이야기 해봐.", "오늘은 선주가 학교에서 못된 애들을 혼내준 얘기 해봐." 이렇게 요구를 했어. 그러다가 나중에는 훨씬 세세한 플롯을 짜주고 엄마한데 얘기를 만들라고 했지.

너는 임선주가 아빠한테 혼나는 이야기를 좋아했어. 너의 아빠랑 다르니까 재밌었나봐. 선주 아빠는 아주 무서운 사람이었거든. 자식이 잘못하면 종아리를 때리고 아주 엄격한 아빠, 그렇지만 알고 보면 마음속은 사랑으로 가득 찬 아빠였지. 너랑 나랑은 몇 년 동안 이런 이야기를 즐겼어.

지금 생각해도 그 땐 어떻게 네가 하라는 대로 이야기를 만들어냈나 내 스스로도 신기해. 지금 하라면 못할 거 같거든. 아마 네 반응이 재미있어서 나 역시 이야기를 즐겼던 것 같아. 어쩌면 이 담에 네가 아기를 낳으면 데리고 놀면서 다시 해볼 수도 있을 것 같아.

엄마는 임선주 이야기에 엄마가 가르치고 싶은 내용을 슬쩍 끼워넣기도 했어. 학교에서 일어나는 여러 상황에서 어떻게 하는 게 좋은지를 이야기로 만들었어. 선주를 질투하는 아이의 이야기, 선주가 억울한 일을 당했을 때 이야기, 왕따 당하는 아이를 선주가 도와

- - -

준 이야기 등등이 들어갔지. 그밖에도 도둑이 들어왔는데 선주가 현명하게 대처해서 경찰을 부른 이야기, 화재가 났을 때 엘리베이터를 타지 않고 대피한 이야기, 이런 게 다 동화에 포함되었지.

또 하나 너랑 재미있게 놀았던 일이 생각나. 엄마랑 송현이는 번 갈아가며 동화 이어가기를 했어. 이 동화에는 그동안 엄마랑 아빠에게 들은 동화랑 디즈니 비디오랑 모든 게 범벅이 되었어. 엄마가 "까불이 도깨비가 소풍을 갔어요." 하면 송현이가 "소풍 가서 보물찾기를 했어요." 그러면 엄마가 "그런데 숲으로 갔더니 이상한 굴이 보였어요." 이런 식으로 이어갔지. 까불이 도깨비는 거기서 이상한 나라의 앨리스도 만나는 거야. 우리는 앨리스를 용궁에도 보내고 인어 공주랑 헤엄도 치게 만들고 얼마든지 새로운 이야기를 만들어 갈 수 있었어. 심지어 연꽃 속에 심청이랑 같이 들어가서 임금님도 만났었지.

너랑 엄마는 지치지도 않고 깔깔거리며 매번 새로운 스토리를 창조해냈단다. 너랑 손잡고 마트에 갈 때도 하고 산책할 때도 했어. 너도 이담에 네 아기들이랑 많이 해봐.

인간의 독특함과 창의성의 원천은 어린이에게서 나온다.
그리고 놀이터는 아이의 능력과 재능을 펼쳐내는 최적의 환경이다.

● 에릭 호퍼 ●

04

엄마가 웃으면 코스모스가 확 피어나는 것 같아

엄마가 너랑 놀이터에서 놀고 있으면 다른 엄마들이 엄청 재미있어 했어. 한번은 네가 미끄럼틀 옆에 달린 철봉에서 뛰어내리는 걸 배웠어. 그 전에는 겁이 나서 못했었지. 그런데 한번 뛰어내릴 때마다 엄마한테 새로운 방법으로 박수를 쳐 달라는 거야. "엄마, 이번에는 두 손을 이렇게 빙빙 돌리면서 '아이구, 잘한다' 이렇게 해야 돼, 알았지?", "이번에는 두 손을 치켜들고 팔짝팔짝 뛰면서 '잘한다, 잘한다,' 이렇게 하는 거야. 알았지?" 몇 번씩이나 엄마는 온갖 쇼를 해야만 했지. 옆에 있던 엄마들이 "얘랑 살면 심심하지 않겠어요." 하며 웃더라. 그래서 "아이고, 좀 심심해 봤으면 좋겠어요." 그랬단다.

한번은 엄마가 운전하면서 너랑 둘이서 할머니 댁에 갈 때였어.

네가 뒷좌석에서 갑자기 "엄마, 여기가 산부인과야. 내가 이제 아기를 낳을 거야." 그러더니 누워서 좌석벨트를 붙잡고 "아~악, 아~악, 악~ ." 그러다가 "응애~ 응애~ 엄마, 한명 낳았어." 그러는 거야. 그러더니 다시 또 "아~악, 아~악." 하기 시작, 그 날 네가 아기를 일곱 명을 낳더라. 어쨌든 나는 심심할 겨를이 없었지.

동생을 안 낳아주었으니까 엄마가 대신 네 친구를 해 주어야 한다고 해서 엄마는 정말 온갖 놀이에 동원되었어. 디즈니비디오에 빠진 너는 엄마를 끌어들여 연극을 했지. 주인공은 네가 하고 엄마는 나머지 잡역을 다 해야 했어. 신데렐라 언니에다 새엄마에다, 후크선장에다가. 하긴 잡역이 아닌 것도 있었네. 왕자가 되어 너랑 춤을 추어야 했지. 처음엔 재미도 있고 할 만 했는데 하루가 멀다 하고 이걸 해야 하니 힘들기도 했어.

네가 초등학교 2학년 때 운동회 날, 가을이 시작되던 9월이었어. 너는 무슨 공연인가를 한다며 엄마가 꼭 와야 한다고 며칠 전부터 졸랐었지. 엄마는 그 때 간신히 시간을 내서 참석할 수 있었어. 엄마가 못 올까봐 맘 졸이던 너는 아주 행복해했단다. 그날 밤 엄마 이불 속으로 들어온 네가 엄마를 꼭 껴안으며 말했어.

"엄마, 내년에 다른 학교 갈 거야?"

"응, 엄마는 5년마다 학교를 옮기거든."

"엄마가 다른 학교 가도 거기 사람들이 다 엄마를 좋아할 거야."

"어머나, 왜 그렇게 생각해?"

"엄마는 인상이 좋으니까."

"엄마 인상이 뭐가 좋은데?"

"음~ 엄마가 웃으면 코스모스가 확 피어나는 것 같아."

아, 우리 딸은 어쩜 이렇게 시적으로 말을 할까. 이건 엄마 인생 최고의 찬사였어. 얼마 후 너의 생일날, 엄마는 KBS FM 아침프로에 축하음악을 신청했지. "엄마가 웃으면 코스모스가 확 피어나는 것 같다고 말한 우리딸 송현이의 아홉 번째 생일입니다." 하면서. 너 엄청 좋아했단다. 일기에 써서 담임선생님한테도 자랑했었지.

아빠처럼 엄마도 네 친구였어. 그렇지?

얼굴은 놀라운 깊이와 무한한 색조를 띤 메시지를 발산한다.

● 맥닐 ●

05

영어로 다 말할 수 있어

　송현아, 너는 참 독특한 애였어. 다른 애들은 전학 간다고 하면 대개 걱정하고 겁을 내는데, 너는 초등학교 3학년 때부터 가끔씩 전학을 보내달라고 졸랐어. 전학을 가면 동화에서처럼 거기 친구들이 자기한테 다 잘해주고 엄청 재밌는 일들이 많이 생길 거래나.

　4학년이 되어서도 계속 조르는 거야. 그래서 새 학교 친구들이 왕따 시키면 어쩔 거냐고 물었지. 그랬더니 "그럴 일은 없어, 엄마. 4학년 초에 새 반에 가보니까 다른 반에서 온 애들이 많았거든. 애들이 나랑 아는 척을 안 하는 거야. 그래서 내가 여자애들한테 일일이 '나는 3반에서 온 송현인데 나랑 친구가 되어줄래?' 이렇게 쪽지를 써서 보냈거든. 그래서 다들 얼마나 친해졌는데." 이러더라고.

그러다가 2학기에 엄마가 반년 간 미국에 연수를 가게 되었어. 엄마랑 같이 가겠냐고 물었더니, "그럼 내가 미국으로 전학을 가는 거야?" 하면서 어찌나 좋아하던지. 전학 갈 생각을 하면 너무 설레어서 가슴 한가운데가 간질간질 하대나.

미국 학교에 간 첫날이었어. 엄마는 미국 학교에서는 뭐든지 다 주는 줄 알았거든. 빈 가방에 연필만 넣어서 보냈는데, 선생님이 수업 중에 노트를 꺼내라고 했지. 다른 애들은 다 노트를 가져왔는데 너만 없었어. 주위를 한 번 둘러보고 난 너는 선생님한테 가서 짧은 영어로 이렇게 말했지. "English write, math write. O.K?" 그러자 선생님이 노트를 하나 꺼내 주더라나.

워낙 사람들에게 관심이 많은 너는 29명 급우들의 이름을 이틀만에 다 외웠어. (그런 애가 왜 공부랑 관련된 건 안 외우려하는지 몰라, ㅜㅜ.) 그러더니 두어 주쯤 지나자 "엄마, 나는 이제 하고 싶은 말은 다 영어로 할 수 있어."라고 했단다. 한번은 엄마랑 둘이서 뉴욕에 갔다가 티셔츠를 하나 샀지. 그걸 입고 학교에 갔는데 친구들이 다 예쁘다고 했다며 신나했어. '디스 바이 뉴욕(this buy New York)' 그랬더니 다 알아듣더라나. 그 때 네가 말한 영어, 지금 들으니까 웃기지?

영어 학습지를 띄엄띄엄 이 년 정도 한 실력으로도 너는 참 잘 살아냈지. 단어를 멋대로 끼워 맞춰서 어설픈 영어를 해대면서도 미국이라는 전혀 생소한 상황에서 즐기며 지냈어. 급우들에게 한국말을 가르쳐 주고 한국 이름도 하나씩 지어주었지. '지영이', '유리', '수미', 이렇게 불러주면 친구들이 아주 재미있어 했어. 너는 낯선 이방인이라는 지위에서 그들 문화를 우리 문화에 동조시키며 새로운 상황을 창조해낸 거야. 어느새 네가 영어를 배우는 게 아니라 그들이 한국문화를 배우게 만든 거지. 영어를 배우는 최종 목표는 결국 우리의 경쟁력을 높여서 우리가 영어를 덜 쓰고 남들이 우리 문화와 말을 배우려는 자세가 되게 하는 게 아닐까?

엄마는 우리나라 사람들이 시간과 돈을 늘여가며 남의 나라 말인 영어를 열심히 배워주면서도 늘 주눅 들어 하는 게 안타까울 때가 많아. 배짱만 있으면 적은 어휘로도 얼마든지 의사소통이 가능한데 말이야.

지금은 네가 자신감이 많이 회복되었지만 엄마는 송현이가 사춘기를 거치며 자신의 장점을 발견하지 못하고 위축되어 갈 때 마음이 아팠어. 우리나라는 너무 성적으로만 줄을 세우니까 성적이 뛰어나지 않을 때 많은 아이들이 자존감을 잃어가거든.

하지만 엄마는 우리말이 다른 사람이 갖지 못한 좋은 능력을 가지고 있다고 생각해. 어설픈 영어로도 배짱 있게 살아냈듯이 인생의 여러 상황에서 잘 대처해 나가리라 믿어. 잘 자.

타인을 위한 최고의 선물은 우리의 부를
나누어주는 것이 아니라 그들 자신이 가진
풍요로움을 드러내주는 것이다.

● 벤저민 디즈레일리 ●

영어를 언제 가르쳐야 할까

네가 5살 때부터 유치원에서 일주일에 한 번씩 영어를 가르쳤어. 그런데 너는 집에서 들으라고 주는 영어 테이프를 듣기 싫어했지. 내가 너랑 영어로 말하면 서서히 잘하지 않을까 싶어 시도해 봤는데 "엄마, 싫어. 영어로 말하지 마." 그러면서 거부를 하더라. 왜 그랬을까. 아마 영어라는 새 언어에 대한 흥미보다는 엄마랑 자유롭게 말할 수 있는 게 통제를 받아서 그런 게 아닐까 하면서 놔두었어.

한번은 유치원에서 '반짝 반짝 작은 별'을 영어로 배웠다나. 엄마가 영어로 노래를 하면 자기가 따라 하겠대. 그래서 시작했는데, "트윙틀 트윙클 리틀 스타~" 하니까 따라서 하더라고. 그런데 그 다음 "하우 아이 원더 왓 유 아"는 따라 하기 좀 어려웠나봐. 난감한 표정을 짓는가 하는 순간 너는 "하~야 꽃이 폈어요" 하고 부르면서 깔깔 대는 거야. 그래서 계속 엄마는 영어로 부르고 너는 네 멋대로 우리말로 가사를 붙이며 따라했지. 나는 또 한 번 '얘는 참 웃겨' 그렇게 생각했어.

그래도 엄마는 좀 미련이 남아서 같이 등산 갈 때 다시 살짝 시도해 봤어. "엄마가 영어로 할 테니까 따라해 봐." 하면서. "두 유 라이크 밀크?", "예스, 아이 두." 까지는 따라하더라고. 그런데 내가 "노우, 아이 돈트." 하니까, 우리 송현이, "노우, 아이 돈까~스." 하면서 또 까르륵~. 그 순간 엄마 머리에 이런 생각이 떠오르더라. 얘는 영어를 가르치려 하는 것보다는 '노우, 아이 돈까~스' 하는 능력을 더 키워주어야 하는 게 아닐까.

너는 디즈니 애니메이션을 엄청 좋아해서 비디오를 자주 빌려다 보았어. 그러다가 아예 중고 비디오테이프를 사들였지. 그 때 엄마가 잠시 망설였어. 영어로 된 걸 살까, 우리말로 더빙된 걸 살까 하다가 우리말로 된 걸 샀어.

물론 영어로 된 걸 사도 대충 그림으로 알아들으며 볼 수는 있겠지. 그런데 그보다 중요한 건 우리말에 대한 이해력이라고 생각했어. 한창 우리말 어휘가 확장되고 사고력이 발달하는 나이에는 다른 언어의 간섭을 받는 것보다는 모국어에 대한 이해가 우선되어야 한다고 생각했어. 눈으로 화면을 보며 귀에 들리는 언어를 함께 느

- - -

껴야 내용에 대한 이해가 충분하고 그런 것이 아이가 상상의 날개를 한껏 펼치는 데 꼭 필요하니까.

사람들은 자녀가 두 가지 언어를 동시에 잘하길 바라지. 하지만 언어에 대한 능력을 아주 비상하게 타고난 극소수의 아이들이 아니면 어린 시절에 두 언어를 다 잘하기는 아주 어려워. 외국인과 한국인이 결혼한 가정의 아이들도 어려서는 우리말 발달이 느려지거든. 그런데 한국말만 듣는 환경에서는 아이를 영어에 아무리 많이 노출시킨다 해도 한계가 있지.

어떤 사람은 비디오를 하루에 두세 시간씩 틀어주고 듣게 했다는데 그건 아이의 사고를 아주 수동적으로 만드는 일이지. 어릴 때는 사람과의 교류와 소통이 많아야 지능과 창의력이 느는 거니까.

엄마 생각에 영어는 우리말에 대한 구조가 어느 정도 자리 잡는 초등학교 때, 아니면 그 후에 시작해도 늦지 않다고 생각해. 여섯 살 때 일 년 동안 배울 거를 열두 살 때는 한두 달 만에 배울 수 있거든.

엄마는 네가 2학년 때쯤 살살 꼬셔서 '윤선생 영어'를 하게 만들었지. 처음에는 좀 지루해 하기에 가끔씩 게임도 같이 했어. 네가 영어에 관심을 많이 보였다면 더 일찍 시작했을 거야. 하지만 아이가 능동적이고 호기심이 많으면 천천히 시작해도 더 잘 할 거라고 생각했어. 그리고 독서를 많이 하고 지적인 배경이 있으면 다른 언어도 빨리 습득할 거니까.

네가 미국에 가서 잘 안 통하는 영어로도 남보다 덜 스트레스 받으며 생활한 건 능동적이고 활발한 성격, 그리고 다른 사람에 대한 호기심이 남달랐기 때문일 거야. 엄마는 그런 게 영어 자체보다 더 중요하다고 생각해.

얼마 전에 네가 미국 학교에서 쓴 에세이를 보았어. 문법은 미국 애들보다 고칠 게 더 많겠지만 내용이 좋더라. 네가 작문을 구성하는 능력이 좋은 건 한국말로도 글을 잘 쓰기 때문인 거야. 너보다 영어를 잘하는 미국 아이라도 사고력이 모자라면 글을 잘 못 쓰는 거지. 자신의 생각을 잘 표현 할 줄 아는 능력, 그건 한국어든 영어든 상관없이 우리가 언어를 배우는 가장 중요한 이유여야 할 거 같아.

앞으로는 숙제가 아니더라도 종종 우리말이든 영어든 글을 많이 써보기 바래. 꾸준히 하면 느는 것, 그건 인간에게 아주 공평한 진리란다.

나는 특별히 재능이 있는 것이 아니다.
단지 굉장히 호기심이 많을 뿐이다.

● 아인슈타인 ●

- - -
111

선행학습을 안 시킨 이유

벌써 10년 전의 일이야. 엄마 옆에 앉은 선생님이 엘리베이터 안에서 초등학교 2학년짜리를 만났는데 학원 갔다 오는 길이었대. 어떤 학원을 다니느냐고 물었더니, '영어, 수학, 피아노, 수영...' 여섯 가지를 말하더래. "그 중에 뭐가 제일 재미있니?" 물었더니, 애가 하는 말이 "재미있는 건 하나도 없구요. 그냥 잠이나 실컷 잤으면 좋겠어요." 글쎄, 그 아이는 훗날 자기 엄마의 희망대로 어려서 이렇게 많은 걸 해볼 기회를 가진 걸 고마워할까?

무조건 빨리 많이 시키면 평생 빨리 갈 거란 착각 속에 브레이크도 없는 차처럼 아이들을 몰고 가다 지쳐 떨어지게 만들어. 미리 배운다고 그 아이가 스무 살에 노벨상 타는 것도 아닌데 말이야. 너무 어려운 걸 배우다 보니까 시간은 들이는데 능률은 안 오르고 사람은 병드는 경우가 많아. "공부가 재미있어서 하는 사람이 어디 있냐?" 라는 말을 하는 사람이 많은 사회, 엄마는 그게 슬퍼.

　엄마는 어려서 네게 선행학습을 시키지 않았어. 네가 수학을 어려워하니까 방학 때는 배운 걸 복습시키곤 했지. 사실상 대부분의 아이들에게는 배운 걸 다져주는 후행학습이 필요하거든. 우리나라의 교과과정은 어려서부터 너무 어려우니까.
　엄마가 네게 선행학습을 안 시킨 건 엄마의 경험 때문이야. 엄마는 중학교 때 까지는 특별히 재미있는 과목도 없었어. 공부는 해야 하는 거니까 하고 그 외에 소설이나 만화가 재미있고 그런 정도였어.
　그런데 고등학교 1학년 겨울방학 때였어. 영어 숙제를 하려고 집에 있던 문법책을 읽기 시작했지. 처음에는 외울 게 많고 지루해서 그만둘까 싶었어. 그래도 숙제는 해야 하니까 참고 버텼는데, 관계대명사 부분에서 확 반전이 일어난 거야.
　어, 이거 반년 전에 선생님이 설명할 때 어려웠던 부분인데, 내가 이걸 다 이해하다니. 너무 신기하고 기분이 좋았어. 그 다음부터는 가속이 붙기 시작해서 끝까지 문법책을 읽어내고 다시 새로운 문법책을 사서 또 공부했어.

3월에 고등학교 2학년이 되었을 때는 내 스스로가 뭔가 달라진 느낌이랄까, 뭔가 문리가 트였다고 할까, 그런 기분이었어. 영어책을 들여다보면 마치 선이 그어지는 듯이 문장 구조가 한 눈에 들어오는 것 같았어. 그 때부터 영어가 너무 재밌어져서 전공까지 하게 되었지.

엄마는 이런 경험이 엄마의 평생을 결정했다고 생각해. 뭔가 열심히 지적인 추구를 한 경험, 억지로 시켜서 한 게 아니라 스스로 신이 났던 경험. 그 때 뭔가 머리가 트이고 깨이는 것 같던 그 경험. 이런 걸 네가 하길 바랬어. 억지로 구겨 넣는 선행학습을 시키면 네가 인생에서 이런 걸 스스로 경험할 기회를 빼앗는 거라고 생각했지.

엄마가 좋아하는 말 중에 "나는 매일 새로운 것을 배우려 하므로 현명한 사람이다." 라는 말이 있어. 송현아, 엄마는 네가 진정한 배움의 즐거움, 희열을 느끼게 되길 바랐어. 아직까지 그런 순간이 안 왔어도 좋아. 인생에서 어느 날 그런 계기가 와서 지적인 세계가 활짝 피어나길 바래. 그 때까지 우리딸이 현재에 충실하고 하루하루의 일상을 꾸준히 준비해 가면 좋겠어.

어린 시절은 달리기 경주가 아니라 여행이다.

● 작자 미상 (미국 명언집) ●

3부

미래만 생각하면 즐거운 아이

미래만 생각하면 즐거워

너는 어려서부터 고집이 세서 엄마 속을 뒤집어 놓을 때도 많았어. 그런데 너는 엄마한테 혼나고 나면 어떻게든 그날 자기 전에 꼭 엄마 마음을 풀어주려고 노력했어. 어느 날인가는 내가 너무 화가 나서 아직도 기분이 안 풀렸다고 했더니 네가 이러는 거야.

"엄마는 왜 아까 일을 아직도 생각하고 기분 나빠해? 나는 엄마한테 혼나면 '이제 그러지 말아야지' 생각하고 잊어버려. 나는 친구들과 안 좋은 일이 있으면 그냥 생각을 안 해버려."

그래서 "그럼 넌 무슨 생각을 하는데?" 하고 물었더니 "엄마, 나는 미래만 생각하면 기분이 좋아져. 이담에 엄마가 할머니 되면 주름살이 일자 모양일까, 파도 모양일까? 내일은 어떤 애가 학교에서

웃길까? 나는 이담에 어떤 남자랑 사귀게 될까? 미래에는 재미있는 일들이 많을 테니까." 그랬어.

그러던 네가 중학교에 가면서 어려움이 많아졌어. 학교에서 일곱 시간이나 공부를 했는데 어떻게 또 학원을 다니냐고 하던 네가 중간 고사가 끝난 후에는 스스로 학원에 다니겠다고 했어. 그렇게 하지 않으면 학교 공부를 따라갈 수 없을 정도로 학습량이 많으니까.

그러더니 그 스트레스를 이겨내지 못했어. 여기저기 관심이 많고 끼가 많은 너는 출구가 없어 좌절했던 게 아닌가, 엄마는 그렇게 생각해. 어떤 교육학자는 그런 말을 하더라. 아이들이 학교에 부적응 하는 게 아니고 학교가 부적응 하는 거라고. 아이들의 욕구와 능력에 맞는 걸 제대로 해주지 못하니까.

너는 참 웃기는 발상을 많이 해. 어느 날은 국어시간에 선생님이 질문을 하라고 하기에 '수민이 성이 뭐냐'고 물었더니 모두들 웃었다며 이렇게 얘기하는 거야.

"엄마, 교과서에 있는 글에 '수민'이라는 아이가 나오거든. 그런데 성이 궁금하더라구. 생각해봐. 이수민, 박수민, 정수민, 홍수민……. 성이 달라지는데 따라 이름에서 나오는 느낌이 다 다르지 않아? 그런데 왜 교과서에 나오는 애들은 성이 없이 이름만 나오냐구."

그리고는 노트에 수민이를 써 놓고는 그 앞에 온갖 성을 붙이고 앉아 있는 거야. 그걸 보면서 엄마는 '얘가 이러니 한 주일에 다섯 시간씩 온갖 걸 다 외워야 하는 사회 과목을 얼마나 지겨워할까' 그런 생각을 했더란다.

공부가 재미없어지면서 뭔가 재밌는 놀 거리를 찾다 보니 범생이가 아닌 튀는 아이들에게 관심이 가게 된 거지. 엄마 아빠는 그걸 제지할 수밖에 없었고. 너도 많이 힘들었을 거야. 네 스스로 상담을 받게 해달라고 했으니까. 그런데 상담을 해도 별로 나아지지 않았어. 너는 점점 불만스러운 얼굴이 되어 가고 짜증이 늘어나더니 급기야 아침이면 잠에 취해서 일어나지 못하고 무기력증에 빠진 거 같아.

엄마가 요즈음 '회복 탄력성'에 관한 온라인 연수를 듣고 있어. 그런데 사람이 어려운 일을 당하면 세 가지 반응이 나온대. 예를 들어 산에서 곰을 만났다 그러면 1.맞서 싸우거나, 2.도망가거나, 혹은 3.동결(그 자리에서 얼어붙는 것) 이런 반응이 나온다는 거지.

그런데 이 세 번째의 반응은 신체와 감정의 마비라고도 볼 수 있대. 아무리 공부해도 부모만큼 잘 할 수 없다는 생각이 들 때, 그냥 도저히 넘을 수 없는 벽에 가로막힌 것 같은 기분. 그럴 때 드는 무력감 같은 것도 동결 반응이라는 거야. 부모가 압박을 주지 않아도 아이들 스스로가 그렇게 느낀다고 해. 그리고 한없이 잠에 빠져드는

- - -

것도 이런 동결 반응 중의 하나라는 거야. 이 얘길 듣다가 '아, 우리 송현이가 심리적으로 이런 게 아니었나' 하는 생각이 들었어.

며칠 전 아빠가 이런 말을 했어.

"송현이가 미국에 갈 인연이니까 그렇게 된 거겠지. 다시 그 시절이 온다 해도 우리는 같은 결정을 내릴 수밖에 없을 거 같아. 컴퓨터를 두 시간 하는 거는 한 시간만 하자, 이런 식으로 타협할 수 있는 문제지만, 염려스런 아이들과 어울리는 건 두 번 만날 거 한번 만나라 할 수는 없으니까. 맹자 엄마가 이사 간 거랑 같은 거겠지."

이제는 네가 많이 안정되어서 "내가 왜 그랬지? 엄마, 혹시 내가 쌍둥이였던 게 아닐까? 그런데 쌍둥이 언니가 엄마 뱃속에서 죽은 거야. 그래서 그 억울한 영혼이 잠시 내게 들어와서 그랬던 거 아닐까?" 하고 웃기도 하지만 우리 모두에게 어려운 시절이었어.

사춘기를 심하게 타고 우리를 걱정시키면서 너는 가끔씩 엄마에게 물었어. "엄마, 내가 밉지?" 내가 아니라고 해도 "거짓말~" 하면서 믿지 않았지. 그런데 송현아, 내가 생각하는 우리딸은 항상 긍정적이고 신나는 아이였어. 너는 반에서 왕따인 아이랑도 잘 놀아주었고, 우연히 들은 이야기라도 안 좋은 내용이면 절대 상대방에게 하지 않았어. 너는 남을 배려하는 아이, 침묵할 때를 아는 아이였지. 네가 친구에 대한 험담을 하는 걸 들어본 기억이 거의 없어. 엄마는 그런 네가 참 좋았고 인간적으로 부럽기까지 했단다.

송현아, 사춘기는 누구에게나 예민하고 새로운 시기야. 엄마가 너 땜에 힘들 때 사춘기에 관한 연수를 들었는데, 사춘기는 마치 20평으로 지어놨던 가건물을 부수고 100평으로 리모델링하는 과정이래. 20평 용량으로는 이 복잡하고 다양한 세상을 다 수용할 수 없기 때문에. 항상 머릿속이 어수선하고 마음이 힘든 거라더라. 너는 네 자신을 잘 모르겠어서 힘들다고 하는데, 그건 누구나 새로운 집을 짓기 위한 과정인거지. 그리고 이 사춘기가 20대가 되어서야 완전히 끝난대. 그러니까 마음이 뒤숭숭하더라도 그러려니 생각해.

엄마 아빠는 우리딸이 더 아름답고 튼튼한 집을 짓기 위한 과정을 좀 힘겹게 겪고 있을 뿐이라고 생각해. 그리고 너를 사랑하는 많은 사람들이 그 과정에 도움을 주고 싶어 해. 우리는 모두 너에게 든든한 울타리가 되어주고 싶어. 탄탄하고 아름다운 울타리 속에서 우리딸이 안전하게 자신의 꿈을 찾아가기 바래. 그러다보면 언젠가는 "나는 미래만 생각하면 즐거워." 할 수 있는 일들이 네 앞에 생겨날 거야.

운명에 우연은 없다. 인간은 어떤 운명과 만나기 전에
스스로 그것을 만들고 있다.

● 토머스 웰슨 ●

모든 아이는 신의 메시지를 가지고 태어난다

송현아, 네가 미국으로 떠나고 나서 두어 달은 엄마 마음이 뒤숭숭하고 힘들었어. 네가 두 달쯤 지나서 감기 걸렸던 적이 있지. 밤에 자다가 깨서 엄마한테 전화하면서 아프다고 울먹였어. 그러기에 왜 속 썩이다가 거기까지 가서 아프냐고 하며 엄마도 함께 울었었지. 하지만 일 년이 지나가며 모든 게 서서히 안정되어 갔고 같이 울던 그날도 이제는 멀리 느껴지네. 중학교 1학년 겨울, 엄마가 답답하니까 담임선생님께 메일을 보냈었어. 엄마와 아빠가 너의 사춘기를 맞으며 어떤 생각을 했는지 읽어 보렴.

안녕하세요 선생님.

올해 내내 귀찮게 해드리고 있네요. 11월 되면서는 아침마다 아이를 깨워서 보내는 일이 무척 힘들어요. 어떨 땐 잠이 안온다고 투정 부리다 늦게 잠들기도 하구요. 어떤 날은 학교 갈 거라고 하고 알람을 맞추어 놓고 일찍 자는데 못 일어나기도 해요.

어제 아침에도 안 일어나기에 때려서라도 애를 깨워야 한다고 제가 우겼어요. 그랬더니 남편은 학교는 때려서 보내는 곳이 아니다, 그러려면 차라리 안 보내겠다고 했어요. 공부는 즐겁게 해야 하는 거라고. 결국 그냥 놔두고 나왔지요. 오후 세 시쯤 일어나서 제게 문자를 했더라구요. 미안한지, 어리광을 피우면서.

송현이는 애니어그램인가 하는 성격검사를 해보니 예술적 끼 부분과 아이디어를 계속 만들어내는 부분에서 아주 높은 결과가 나왔대요. 이런 아이들이 한국적인 교육에서 가장 힘들어하는 타입이래요. 재미있으면 미친 듯이 열정을 쏟는데 재미없는 것, 일상적인 것을 참아내지 못한다고 해요. 그런데 부모나 가족은 소위 규범적인 삶에서 성공한 사람들이고, 아이는 자기가 되고 싶은 모습과 현재의 모습과의 괴리 때문에 숨막혀 한다고 해요.

자녀가 사춘기를 격하게 보낼 때는 여행을 같이 하면 좋고 외국 여행이면 더 좋다는 걸 책에서 읽었어요. 마침 미국으로 이주한 지인이 있어서 이번 겨울 방학에 가보기로 했어요. 그 지역의 학교를 일

- - -

시적으로 방문해서 2~3주 다녀볼 계획이에요. 거기서 공부하겠다면 그렇게 하고 아니면 여기서 대안학교를 찾아보려 해요. 전원주택에 가서 강아지랑 토끼랑 다 키우면서 지낼 생각도 있어요. 애가 외로움을 타서요.

송현 아빠가 이런 말을 하데요. 아이들에겐 쿠션이 없는 낭떠러지는 없다고. 애들은 변하고 좋아질 가능성이 무한한 거라고. 게다가 우리는 미국, 대안학교, 홈스쿨링까지 여러 개의 쿠션으로 아이를 보호할 수 있지 않느냐고. 물론 안 떨어지길 간절히 바라지만, 어쩌겠어요. 타골의 말처럼 '모든 아이는 신의 메시지를 가지고 태어난다.'는데, 송현이가 이 세상에 온 목적을 신만이 알고 계시겠지요.

선생님 덕분에 송현이가 간신히 1학년을 마쳐가네요. 감사합니다.

인생에는 가끔 신비한 만남이 찾아와서 우리를 인정해주고
우리가 어떤 사람이 될 수 있는가를 일깨워준다.
그리하여 우리가 가진 커다란 가능성이 빛을 발하기 시작한다.

● 루스티 베르쿠스 ●

126

아이와 함께 성장하는 부모

송현아, 사춘기에 너랑 비슷한 증세를 겪은 아이가 있어. 엄마 친구 중에 미국에서 뒤늦게 박사과정을 끝내고 FDA(미국식품의약청)에 취직을 한 사람이 있거든. 직장이 워싱턴에 있어서 근교로 이사를 갔는데 그 곳에서 한 블록만 건너면 미국의 정관계 최고위층이 사는 지역이었대. 그전에 살던 곳은 그저 평범한 중산층이 사는 지역이었고 그 딸은 그 지역 학교에서 학생회장도 하고 공부도 모든 과목에서 최고여서 인정을 크게 받았었지.

그런데 이사를 와서 고등학교를 가보니까 친구들이 너무 뛰어난 거야. 그곳은 지역이 좋아서 공립학교인데도 수준이 아주 높았대. 얘가 중학교 땐 뭐든지 자기가 최고였는데, 아무리 노력해도 사회

과목 외에는 최고를 못하는 거야. 거기다가 애들이 부자니까 승마에 수영에 악기에, 어려서부터 다 잘 배워서 못하는 게 없고. 생일 파티라도 해서 가보면 영화에나 나올법한 대저택에 살고 있고, 그러다보니 상대적인 박탈감으로 아주 예민한 사춘기를 보내게 되었어.

아침이면 잠에 취해서 일어나지 못하고 학교 안 간다고 악을 써서 자기 엄마를 진이 빠지게 만들었어. 감정의 기복이 엄청 심하고 짜증을 잘 냈지. 그런 일이 거의 2년간 계속 되다가 3학년이 되어서야 정신 차리고 공부를 열심히 하기 시작했어. 지금은 좋은 대학에 가서 언제 그랬냐는 듯이 잘 살고 있지.

친구가 그러더라. 사춘기를 심하게 겪어도 어떤 아이는 제자리로 돌아오고 어떤 아이는 안 좋은 길로 빠지는데, 그 기준은 그 아이가 사랑을 받고 자랐는가, 아이를 따뜻하게 품어주는 사람들이 주변에 있는가 하는 거래.

엄마는 이런 생각을 했었어. '그동안의 우리 가족의 삶 속에서 쌓인 사랑과 친밀감과 신뢰, 그런 걸 부인한다면 삶에 대한 믿음이라는 게 불가능하지 않겠는가.' 그러면서 언젠가는 너도 제자리로 돌아올 거라는 믿음이 들었지. 네가 떠나고 나서 서서히 희망이 보인다고 생각한 건 미국에 간지 반년쯤 되어가던 때 네가 보낸 첫 편지 덕분이야.

- - -

엄마. 내가 미국에서 가족, 친구들하고 떨어져 지내면서 느낀 게 참 많은데 하나는 나도 열심히 노력하면 공부를 할 수 있구나 한 거고 또 하나는 가족들이 나한테 많이 힘이 돼주는구나 하는 거였어. 엄마한테 그동안 너무너무 못한 거 같아서 많이 미안하다고 생각하고 있어. 엄마도 내 걱정 너무 많이 하지 마. 나 지금 열심히 노력하고 있어. 공부도 하고 잘 살고 있어. 곧 방학이고 엄마도 올 텐데 엄마가 왔을 때 너무 기쁠 거 같아. 여기 와서 나를 보고 그래도 걱정되면 내가 알려주는 시 보면서 나 잘 할 수 있을 거라고 생각해.

흔들리며 피는 꽃

도종환

흔들리지 않고 피는 꽃이 어디 있으랴
이 세상 그 어떤 아름다운 꽃들도 다 흔들리며 피었나니
흔들리면서 줄기를 곧게 세웠나니
흔들리지 않고 가는 사랑이 어디 있으랴

젖지 않고 피는 꽃이 어디 있으랴
이 세상 그 어떤 빛나는 꽃들도 다 젖으며 피었나니

- - -

129

바람과 비에 젖으며 꽃잎 따뜻하게 피웠나니

젖지 않고 가는 삶이 어디 있으랴

봐봐. 내가 흔들리고 젖지 않았으면 지금 과연 줄기를 세우면서 예쁘고 빛나는 꽃을 피우고 있었을까? 이런 생각이 드네. 나는 내가 중학교 1학년 때 그랬던 게 후회되기도 하지만 고맙기도 해. 그러지 않았다면 미국에 올 일도 없었을 거고 미국에 안 왔더라면 이런 소중함에 대해 알 수 있었을까?

그러니까 엄마, 엄마도 이렇게 생각해. 작년 일 년이 너무 악몽 같다고만 생각하지 말고, 그런 일들이 나의 딸의 성장을 돕기 위한 디딤돌이 되었구나 하고 좋게 생각해.

엄마가 늙고 병들고 약하고 힘들어도 내가 항상 곁에 있을 거야. 내가 엄마 딸인데 엄마를 닮지 누굴 닮겠어. 엄마한테 최선을 다해서 잘 할 거야. 엄마는 나한테 최고로 존경스럽고 내가 많이 사랑하는 사람이니까. 다신 엄마가 실망할 짓 안할게. 걱정 마.

그러니깐 내가 더 나아갈 수 있게 조금만 더 나한테 힘이 되어 줘. 그러면 내가 더 커서 엄마한테 힘이 되어줄 게. 사랑해, 알지?

너의 사춘기를 맞으며 엄마 아빠는 너무 당황했었어. 엄마는 사춘

- - -

기 때 그렇게 튀는 애들은 가정에 문제가 있거나 부모와 전혀 소통되지 않는 애들인 줄만 알았지. 그런데 그 시절을 겪으며 엄마도 많은 생각을 하고 마음이 넓어진 거 같아. 수업시간에 엎어져 있는 아이들에게도 짜증보다는 연민이 더 많이 생기고.

아빠는 겸손을 배웠다고 하지. '이렇게 하면 아이가 잘 클 거다' 라고 자신했던 것이 오만이었다고. 부모의 교육에는 기도와 기다림이라는 것도 포함된다는 걸 깨달았다고. 아이는 자라가면서 동시에 부모를 성장시키는 거 같아.

송현아, 외국에서 어려운 시간, 인내하고 노력해 주어서 고마워. 사랑해.

좌절을 경험한 사람은 자신만의 역사를 갖게 된다.
그리고 인생을 통찰할 수 있는 지혜를 얻는 길로 들어선다.
강을 거슬러 헤엄치는 사람만이 물결의 세기를 알 수 있다.

❋ 쇼펜하우어 ❋

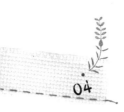

원효대사와 해골물

네가 초등학교 1학년 때 일이야. 너는 아마 기억이 안날 거야. 담임선생님이 의논할 게 있다며 전화를 하셨어. 가보니까 네 친구 미연(가명)이 엄마가 선생님한테 송현이가 성격에 문제가 많아서 자기 딸이 고통을 받는다고 했다는 거야. 게다가 네가 아주 못된 아이라 우리 아파트에 사는 엄마들이 자기 아이를 우리 집에 안 보낸대나?

아니, 우리 집에는 늘 친구들이 북적이는데. 송현이랑 놀면서 내성적이던 자기 아이가 활달해져서 고맙다는 엄마도 있는데…….

선생님께는 잘 해명했지만 정말 얼마나 화가 나던지. 알고 보니 미연이 엄마는 미연이 언니 때부터 자기 아이보다 뭐든지 조금 나아보이는 애가 있으면 그런 식으로 선생님을 찾아가 모함을 했대. 아

파트에서 유명하더라구.

 게다가 미연이한테 어려서부터 온갖 과외를 시키다 보니 애가 스트레스를 받아 병이 났다는 거야. 정신과에 갔더니 의사가 모든 과외를 다 중단하라고 했대. 그래서 시간이 많아진 미연이가 너랑 선아 사이에 끼어들어 삼각관계가 된 거였어.

 미연이 엄마는 맘에 안 들지만 한편으로는 그런 엄마 밑에서 지내다 병까지 생긴 아이가 너무 불쌍했어. 엄마는 교사니까 지나친 사교육에 지쳐서 병이 나고 결국 부모와의 관계도 엉망이 되는 학생들을 많이 보아왔거든.

 집에 와서 너랑 그 얘기를 하고 있었어. 네가 슬러시를 사서 미연이한테는 안 주고 선아만 줬다는 건 무슨 말이냐니까 "그 전날 미연이가 똑같이 했단 말이야. 셋이 가다가 선아한테만 사주고 자기 집으로 데려갔어." 하는 거야. 그래서 "엄마가 돈을 줄 테니까 내일은 세 개를 사서 하나씩 먹어." 그랬지.

 그 때 옆에서 듣고 있던 아빠가 "송현아, 너 '원효대사와 해골물' 얘기 아빠가 해줬지?" 그러는 거야. 나는 "갑자기 웬 원효대사 얘기야?" 하고 물었어.

 그랬더니 네가 뭐랬는지 아니? "엄마는 그것도 몰라? 원효대사가 물이 해골에 담겼다는 걸 몰랐을 때는 맛있다고 생각했잖아. 그러니까 내가 미연이를 좋은 친구라고 생각하면 좋은 애가 되는 거고 나쁜 친구라고 생각하면 나쁜 아이가 되는 거지." 엄마는 그 순간, '아, 얘는 어리지만 내가 개입 안 해도 친구관계를 잘 풀어나가겠구나' 그런 믿음이 들었었지.

아주 옛날 얘기를 왜 하는지 아니? 네가 지난번에 미국 친구들이 너를 왕따 시켰다며 울고불고 학교를 안간 일이 있었지. 농장에 견학 가서 건초 마차를 타는데 너만 떼어놓고 가버렸다고. 아마도 너랑 아주 친하던 아이가 전학을 가서 허전한 마음에 더 그렇게 생각했을 거야.

네가 결석한 사정을 안 선생님이 너희 반 애들하고 얘기를 해보았지. 알고 보니 마차가 6인승이어서 친구들은 무심히 올라탔는데 네 앞에서 끊긴 것뿐이었어. 급우들이 착한 애들이라 그 다음날 네가 학교 갔을 때 모두 다가와 말을 걸어 주었잖아. 네 앞에서 춤까지 춰준 남자애도 있었다면서?

송현아, 가끔 보면 항상 마음속에 열등감을 느낄 준비가 되어 있는 사람들이 있어. 특히 서양에서 다른 사람들과 갈등이 생기면 자신이 동양인이어서 그런 게 아닐까, 그런 식으로 생각하고 기죽는 한국 사람들도 엄마가 여러 번 봤어. 아마 우리의 교육이 자긍심을 키워주기보다는 열등감을 심어주는 일을 더 많이 하지 않았을까, 그

- - -

런 생각도 해.

우리가 마음먹는 데 따라 상황은 얼마든지 다르게 해석될 수 있어. 어린 마음에도 '원효대사와 해골물' 이야기를 이해했던 우리딸. 예전의 여유로움을 찾아 낯선 나라에 있더라도 당당하게 살아가기 바래. 자기 자신을 사랑하고 존중하는 사람은 어떤 상황에서도 소외감을 느끼거나 열등감이 들 일이 없는 거니까.

너의 허락 없이는 아무도 네게 열등감이 들게 만들 수 없다.

● 엘리노어 루즈벨트 ●

상황을 반전 시키는 아이

너 유치원 때 선생님이 한번은 이런 얘길 했었어.

"송현이가 지난번에 에버랜드에서 산 구슬백을 가져와서 자랑을 하고 있었어요. 그런데 갑자기 구슬 줄이 끊어져 버린 거예요. 그럴 때 여자애들은 으레 앙~ 하고 울거든요. 근데 애는 순간 당황하는 것 같더니 얼른 구슬들을 주워서 친구들한테 분양한다고 하는 거예요. 유치원 여자애들이 다들 그거 받는다고 줄서고 난리였어요. 애는 상황에 대한 적응력이 남 달라요. 저는 어른인데도 송현이를 보며 배울 때가 있어요."

그러던 네가 사춘기 되면서는 낙천성이 줄고 소심해 지는 일이 생겼어. 미국 가서도 가끔씩 엄마 가슴을 철렁하게 만들었지. 얼마 전

- - -

136

에는 담임샘 성격이 아주 문제가 많아서 학교를 못 다니겠다고 징징
대고 울었어. 무슨 일이냐니까 얼마 전 아파서 조퇴할 때 숙제할 거
를 안 챙겨왔는데 그것 땜에 잔소리 듣고, 그 후에도 사정상 숙제 못
했는데 그것도 이해 안 해 준다는 거였지.

이런저런 사건을 얘기하더니, 급기야 학교를 옮겨달라고 졸랐지.
내가 알기로 선생님은 야무진 분이라 규칙을 중시하고 깐깐하게 하
시지만 인정이 없는 분이 아니야. 어쨌거나 학교를 옮기는 거는 간
단한 일도 아니고, 다른 학교 가면 네 맘에 맞는 선생님만 있는 것도
아니니 안 된다고 못을 박았지. 너는 자기 의견을 관철시킬 때면 과
장법이 많은 애란 걸 알고 있지만 은근히 걱정됐어.

그런데 다음날 너는 선생님과 화해했다며 아주 밝은 얼굴이었
어. 그래서 그간의 사정을 잘 설명했냐고 물었더니 네 대답이 참 의
외였어. 수업 끝나고 선생님한테 가서 "May I hug you?(제가 한번
안아 봐도 돼요?)"라고 했다며? 그리곤 선생님을 껴안고는 "I'm so
sorry."라고 말했지. 그걸로 다 끝난 거지.

너는 상황이 안 되겠다 싶으면 확 반전을 시켜서 처리하는 특별한
능력이 있어. 그런데 엄마는 그럴 때마다 너의 방식에 감탄을 하곤
해. 그 요란 떨던 애가 요즈음은 선생님이 나만 칭찬한다는 둥, 아이
고, 어쨌든 엄마가 심심치가 않아요.

얼마 전 홈스테이집에서 이사를 할 때 일도 생각나네. 아줌마가

너희들 짐은 각자 다 싸는 거라고 했었지. 난감한 표정을 짓던 네가 그 집 애들에게 말했어.

"야, 우리가 지금 독일군에게 쫓겨서 도망가는 유대인이라고 생각하면 어떨까? 안네 프랑크처럼. 그럼 짐을 막 빨리 싸게 될 게 아니니?"

송현아, 누군가 엄마에게 "당신 딸의 장점이 뭐라고 생각하세요?"라고 물으면, 주저 없이 '상황을 반전시키는 능력이 뛰어난 아이'라고 대답할 거야. 엄마 아빠는 너를 먼 곳에 보내놓고 가끔 네가 물가에 내놓은 아이같이 걱정스러울 때도 있어. 하지만 상황을 긍정적으로 이끌고 해결해내는 너의 잠재력을 항상 믿고 있단다. 그런 게 21세기를 살아가는 데 가장 필요한 능력이라고 생각해. 주눅 들지 않고 뭐든지 헤쳐 나가려는 의지를 더욱 더 키우기 바래.

운명은 우리를 행복하게도 불행하게도 하지 않는다.
그저 그 재료와 씨앗을 우리에게 제공할 뿐이다.

● 몽테뉴 ●

06

자기 권리를 주장하는 법

송현아, 지난번에 보내준 성적표를 보니까 문학이 0점이 나온 게 있더라. 너한테 물어보니까 숙제를 안 냈다고 했지. 에세이를 화요일까지 내는 줄 알고 가져갔는데 칠판에 월요일까지라고 쓰여 있어서 안냈다고. 선생님이 워낙 철저한 분이라 시간이 지나면 안 받을 거 같아서 그냥 안 냈다는 거였어.

너는 워낙 성격이 태평이라 "엄마, 괜찮아. 다음번에 잘하지 뭐," 그러고 마는데, 엄마는 솔직히 답답했어. 엄마 같으면 이럴 때 선생님한테 사정을 얘기해 볼 거야. 점수를 한 단계 내려서 주더라도 일단 받아달라고 간청하면 아마 들어주셨을 거야. 학생의 노력을 완전히 무시하는 교사는 없는 법이야.

- - -

엄마 말은 성적이 0점이라서 문제라는 게 아니야. 나 같으면 기껏 노력했는데 0점이 나오면 억울할 거 같거든. 너는 네 노력으로 받을 수 있는 성적에 대한 권리를 포기해 버린 거잖아.

송현아, 엄마는 네가 억울하다고 생각하는 문제가 발생하거나 다른 사람과 갈등이 생기면 상대방을 설득하고 네 권리를 찾는 게 아주 중요하다고 생각해. 내가 5년 전에 미국에서 연수할 때 있었던 일을 얘기해 줄까.

그 때 델라웨어 대학에서 공부했는데, 대학 안의 은행에서 계좌를 만들고 데비 카드(debit card)란 걸 받았거든. 우리의 현금카드와 비슷한 거야.

우리나라는 통장에 돈이 없으면 현금카드를 쓸 수 없어. 그런데 미국에서는 통장에 돈이 없어도 현금카드를 쓸 수 있다는 걸 몰랐어. 1월 첫 주에 점심 먹느라고 식당에서 카드를 10번쯤 썼어. 통장에 돈이 남아 있다고 생각했는데 나중에 알고 보니까 계좌가 마이너스인 채로 썼던 거야.

그런데 문제는 이런 경우 한 번 쓸 때마다 금액과 상관없이 무조건 초과인출 수수료(overdraft charge)가 35달러씩 붙는대. 10번에 걸쳐서 200달러 정도 썼는데 초과인출 수수료를 무려 350달러나 내래. 200달러를 한 번에 인출했으면 35달러만 내도 되는데. 게다가

계좌를 플러스로 만들지 않으면 하루에 5달러씩 벌금을 부과하겠다는 거야.

너무 억울하잖아. 그래서 그 다음날 은행 본점의 고객서비스 센터에 전화했지. 거기 팀장이랑 얘기하고, 이어서 계좌를 개설한 지점의 대표와 통화를 했어. 그랬더니 5번의 수수료를 면제해 주겠대. 그럼 더 안 될 게 뭐야, 하는 생각이 들더라구. 그래서 그럼 내가 은행장에게 편지를 쓸 테니 답신을 받을 때까지 매일 5달러씩 부과하는 것은 중지해 달라고 했어.

그리고 당장 편지를 써서 등기로 부쳤지. 은행장에게 이거는 한국과 시스템이 달라서 일어난 일이라는 것을 설명했어. 그리고 내게도 책임이 있으니 수수료를 한 번 것은 지불하겠다고 했지. 송현아, 남이랑 협상을 할 때는 나도 약간은 양보할 준비가 되어 있어야 하는 거야.

엄마는 미국이란 사회가 이럴 때 어떻게 반응하는지를 알고 싶었어. 그런데 편지를 보낸 지 일주일 만에 부 은행장에게서 답장이 왔어. 계좌를 플러스로 만들면 2번의 수수료만 받겠다는 거였어. 그래서 70달러를 내고 해결되었어. 송현아, 이만하면 해볼 만하지 않아? 너 같으면 그냥 350달러를 다 냈겠니? 나중에 보니까 많은 유학생들이 이렇게 억울한 수수료를 냈더라구.

사람들하고 갈등이 생겼을 때는 말로 해도 되지만 글로 하면 더 좋은 점이 몇 가지 있지. 일단 쓰다 보면 스스로 감정이 정리돼. 그리고 어떻게 하면 상대를 설득할 수 있을까 생각하니까 이성적이 되고. 상대방에게도 즉각 감정적으로 대답할 필요 없이 생각할 시간을 주니까 좋아.

엄마는 글의 힘을 믿어. 글은 사람을 교화시킬 수 있고 설득을 시킬 수도 있는 가장 강력한 도구야. 네가 억울한 일이 있거나 권리를 주장할 필요가 있을 때는 해결의 돌파구를 찾는 법을 생각해 보기 바래. 선생님과 소통이 잘되지 않을 경우에 차분히 편지로 네 상황을 설명하는 것도 좋은 방법이야. 그런 생각으로 엄마의 경험을 네게 들려준 거란다.

두 가지 교육이 있다. 그 하나는 남에게 받는 것이며,
또 하나는 정말 중요한, 스스로 하는 교육이다.

● 기번 ●

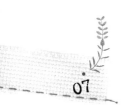

07

인생에서 중요한 세 가지

　송현이가 7살 때쯤인 것 같아. 무슨 일이었는지는 기억 안 나는데 엄마가 널 혼내고 나서 냉정하게 굴었어. 오늘 밤엔 안 재워줄 테니까 말도 걸지 말고 반성하다 자라고. 어떡하면 엄마를 구워삶을까 눈치를 살피던 네가 잠시 후에 다가왔어.

　"엄마, 내가 딱 한 마디만 하게 해 줘."

　"해봐."

　"엄마는 이 세상에서 제일 중요한 게 뭔지 알아?"

　"뭔데?"

　"그건 사랑이야. 엄마가 모르는 것 같아서 내가 말해주는 거야."

　"알았어. 가서 자."

- - -

엄마가 여전히 쌀쌀하게 구니까 영 안 되겠다 싶은지 물러가데. 잠시 후 방문으로 쪽지가 하나 들어왔어. "엄마, 미안해. 화나도 잘 자고 내일은 나한테 웃어 줘."

엄마는 모르는 척 했지만 속으로는 우리 딸이 참 사랑스러운 아이라고 생각했단다. 그래, 사랑과 감사를 느낄 때 몸에서도 가장 좋은 호르몬이 나온다고 하지.

엄마는 사랑과 감사가 바로 인생을 살아가는 바탕이어야 한다고 생각해. 그런데 이담에 네가 사회인으로서 인생을 살아가는데 있어서, 그러니까 실용적인 면에서 중요한 거는 어떤 게 있을까. 오늘은 엄마가 생각하는 세 가지를 네게 말해주고 싶어. 우리 딸이 이런 얘기를 이해할 수 있는 나이가 된 것 같으니까.

첫 번째, 가장 중요한 것은 스스로 벌어먹을 수 있어야 한다는 거야. 경제적인 자립은 사람을 당당하게 하고 자기 권리를 주장할 수 있게 해주지. 그런데 성격적으로 자신만만하고 낙천적인 사람은 어려운 일을 겪더라도 다시 일어설 수 있는 탄력성을 가지고 있어. 표정이 밝은 사람은 자기 주위로 사람을 끌어들여 좋은 인연을 만들지.

엄마가 요즈음에 일본의 소위 NEET(not in education, employment, training) 족에 관한 책을 읽었어. 어려서는 공부로부터 도피하고 커서는 노동으로부터 도피하고 집에 틀어박혀 사는 사람들이 점점 많

- - -

아지고 있는데 이런 현상이 이제 우리나라에서도 일어나고 있어.

교육은 의무인 동시에 권리이기도 하지. 예전에는 어린이들이 노동으로 혹사당하는 걸 막기 위해 부모들에게 자식을 학교에 보낼 의무를 주었던 거거든. 그런데 학생들이 이제는 그 권리를 스스로 포기하는 거야. 이런 사람들이 나중에는 노동으로부터도 도피하게 되는 거지. 그런데 실제로는 좋은 대학에서 공부를 끝내고도 자기 기준에 맞는 직업이 없다고 아예 부모에게 기대 사는 사람도 많아. 부모가 죽고 나면 결국 극빈층이나 노숙자로 전락하게 되는 거지. 인간에게 스스로 자립하려는 의지를 키우는 교육이 가정에서나 학교에서나 아주 중요하다고 생각해.

두 번째로 중요한 것은, 경제적 자립이 된 후에는 인생을 정신적으로 풍요롭게 사는 게 필요하다고 생각해. 엄마는 문화적인 소양을 어려서 쌓아놓는 게 평생 가는 자산이라고 생각했어. 너를 데리고 정말 많은 연극 공연, 음악회, 전시회들을 돌아다녔어. 요즈음은 각 도시나 지역구마다 문화센터나 아트센터가 있어서 좋은 공연도 그리 비싸지 않게 볼 수가 있지. 엄마는 그 덕분에 어려서 못해본 예술적인 생활을 너와 함께 즐겼어.

또 하나, 정신적으로 풍요롭기 위해서는 평생을 살아가면서 즐길 수 있는 취미가 있으면 더욱 좋지. 네가 피아노 배우는 걸 지금은 그만 두었지만 언젠가는 다시 시작할 수 있을 기반은 닦았으니까 좋

- - -

아. 요즈음 기타를 열심히 치고 있는 것도 맘에 들어.

마지막으로 엄마가 아주 중요하게 생각하는 것은 자기가 속한 공동체에 도움을 주는 사람이 되는 거야. 우리는 네가 자신보다 어려운 처지에 있는 사람들을 도우며 살아가길 바래.

너는 기억이 날지 모르겠는데 네가 초등학교 1학년 때 일이야. 어느 날 네가 알록달록 예쁜 실로폰을 사야 한다고 졸랐어. 엄마는 너랑 대화를 해서 실로폰은 사촌 오빠들이 쓰던 걸 물려받고 그 대신 실로폰 값만큼을 네가 구세군 냄비에 넣기로 했지. 그 때 그 이야기를 엄마가 중앙일보의 독자란에 투고했었어.

엄마는 어려서 가난하게 자라서 늘 검소하게 사는데 익숙해져 있지만 너희 세대는 좀 달라. 사고 싶은 것이 엄청 많고 호기심이 많은 우리 딸, 아직도 세계 여러 곳에서 가난과 질병에 시달리는 아이들이 많다는 걸 가끔은 상기하기 바래. 엄마랑 너는 어려운 나라의 아동과 결연을 맺고 있어. 지금은 엄마가 네 것도 부담하지만 대학생이 된 후에는 네가 후원하는 친구는 네가 지원하면 좋겠어. 조금씩 나누고 조금씩 성장하는 우리 딸이 되기를 바래.

열심히 노력해서 경제적 자립을 위한 기초를 쌓고 경제적 부가 넘쳐나지 않더라도 정신적으로 풍요로운 삶을 살며 자신보다 어려운 사람을 도울 수 있는 사람들. 엄마는 이런 사람들이 '위대한 보통사람들'이라고 생각해. 우리는 네가 이담에 행복한 사회를 만드는 한

- - -

구성원이 되기를 바라고 있어.

엄마는 네가 어떤 직업을 갖고 어떤 삶을 살게 될지도 모르고 사실 부모는 자식의 노후를 보기 어렵지만 네가 능력을 충분히 발휘하며 살게 될 거라는 확신이 있단다. 엄마 아빠가 나이 들어가며 우리가 너의 삶의 바탕을 단단하게 만들어 주었다는 생각을 할 수 있다면, 우리의 노년이 보람 있고 행복한 기분일 거야. 사랑해.

지식이 깊은 사람은 시간의 손실을 가장 슬퍼한다.

◎ 단테 ◎

08

아이의 잠재력을 엄마의 희망 안에 가두지 마라

송현아, 엄마 아빠는 네가 어릴 때 독서를 많이 하게 도와주고 사회성을 키워주면 스스로 자신의 삶의 방향을 잡아나갈 거라고 생각했어. 사춘기야 공이 어디로 튈지 모르는 시기니까 약간의 방황이 있었지만, 네 말대로 스스로를 알아가는 시간이니까 우리는 기다리며 도움을 주고 싶어.

엄마가 너 어릴 때, 얘는 커서 어떤 직업을 가질까 걱정하면 아빠가 말했었지.

"당신이 알고 있는 직업 수가 스무 개나 서른 개쯤 되나? 지금 현재 우리나라 직업 수는 만 개가 훨씬 넘어. 송현이는 잠재력이 큰 아이야. 아이의 잠재력을 엄마의 희망 안에 가두려 하지 마."

아빠는 모든 엄마의 희망이 의사나 공무원인 사회는 동력이 떨어진 늙어가는 사회이고 이런 나라는 미래에 대한 꿈이 없어진다고 했지. 아빠는 자식은 믿는 대로 자란다는 신념이 있지.

네가 사춘기에 너무 튈 때 엄마는 여러 가지 생각을 했었어. 얘는 언제 제 자리로 돌아오려나. 부모의 믿음은 얼마나 깊고 강해야 하는 걸까. 그러면서 오래 전에 읽었던 이야기를 떠올렸어.

어떤 아이가 가난한 산골에서 살다가 시내에 있는 중학교로, 말하자면 유학을 갔어. 그런데 처음엔 공부도 안하고 놀기만 했대. 한 학기가 지나고 성적표가 나왔는데 성적이 거의 바닥인 거야. 집에 가서 차마 이 성적표를 내보일 수가 없어서 성적을 1등으로 고쳐서 보여드렸어. 그런데 다음날 동네 사람들이 찾아와서 아버지에게 아들이 공부를 잘했냐고 묻더래. 아버지가 1등 했다고 하니까 모두들 돼지 잡아서 잔치 한번 해야 한다고 하더라는 거야.

워낙 가난한 동네라 그 당시 돼지 한 마리는 아주 대단한 가치였대. 그래서 그냥 말로만 그러는 거려니 하고 나가서 한참을 놀다 집으로 돌아왔는데, 글쎄, 아버지가 진짜 돼지를 잡아서 떠들썩하게 잔치를 하고 있는 거야. 이제 와서 실토를 할 수도 없고, 진짜 죽고 싶은 심정이었지.

그런데 방학이 끝나고 나서 학교로 돌아간 이 아들은 완전히 달라졌어. 죽자 사자 공부를 한 거지. 그리고 나중에 대학 총장까지 했어. 마흔 살이 넘어 자기 아들이 중학생이 되었을 때 아버지께 잘못을 빌고 싶어서 "아버지, 제가 중학교 때 처음 1등 한 거, 사실은……." 하고 말을 꺼냈더니 아버지가 "그만 해라. 아이 있는데, 다 알고 있다……." 그러시더란다.

거짓이라는 걸 다 알면서도 이 아버지는 왜 그렇게 귀한 돼지를 잡았을까. 왜 거짓말을 하냐고 야단치지 않았을까. 이 아버지의 아들에 대한 믿음은 어떤 것이었을까? 그냥 아무 계산도 조건도 없는 무한한 믿음과 희망, 그런 게 아니었을까.

엄마는 이 아버지 같은 마음에는 못 따라 갈 거 같아. 아직도 가끔씩은 걱정하고 조바심 낼 때도 있어. 아빠는, 글쎄, 엄마보다는 믿음이 강하지만, 그래도 걱정될 때는 기도를 하는 거 같아.

어쩌면 어떤 아이나 타고난 잠재력은 엄마의 희망을 훨씬 뛰어넘는 것일지 몰라. 그런데 이제 엄마는 엄마의 희망의 외연을 아주 넓혀야 할 거 같아. 우리딸의 건강과 행복. 그래, 이게 엄마의 희망이 되면 되지 않을까. 그래서 엄마의 희망으로 너의 잠재력을 가두지 않도록, 우리는 네가 가는 길을 격려하고 도와주고 싶어. 사랑해.

그대들의 아이라고 해서 그대들의 아이는 아니다.

아이들이란 스스로 갈망하는 생명의 딸이며 아들이니,

그대들을 통하여 세상에 왔을 뿐,

그대들로부터 나온 것은 아니다.

그대들은 아이들에게 육신의 집은 줄 수 있으나

영혼의 집까지 줄 수는 없다.

왜냐하면 아이들의 영혼은 내일의 집에 살고 있으므로.

그대들은 결코 찾아갈 수 없는,

꿈속에서조차 가 볼 수 없는 내일의 집에.

● 칼릴 지브란 ●